KB189726

# 1cm+me

2023년 07월 20일 개정판 01쇄 발행
2023년 08월 17일 개정판 03쇄 발행

글 김은주 그림 양현정

발행인 이규상 편집인 임현숙
편집팀장 김은영 책임편집 정윤정 책임마케팅 김희진
기획편집팀 문지연 이은영 강정민 정윤정 고은솔
마케팅팀 강현덕 이순복 김별 강소희 이채영 김희진 박예림
디자인팀 최희민 두형주 회계팀 김하나

펴낸곳 (주)백도씨
출판등록 제2012-000170호(2007년 6월 22일)
주소 03044 서울시 종로구 효자로7길 23, 3층(통의동 7-33)
전화 02 3443 0311(편집) 02 3012 0117(마케팅) 팩스 02 3012 3010
이메일 book@100doci.com(편집·원고 투고) valva@100doci.com(유통·사업 제휴)
포스트 post.naver.com/h_bird 블로그 blog.naver.com/h_bird 인스타그램 @100doci

—
ISBN 978-89-6833-435-1 03810


* 잘못된 책은 구입하신 곳에서 바꿔드립니다.
* 이 책은 《1cm+》(2013)의 확장판으로 《1cm art》(2015)와 《1cm 오리진》(2020)의 글을 일부 수록했습니다.

내 인생에 더하고 싶은 1cm의 ☐를 찾아서

글 · 김은주 그림 · 양현정

허밍버드
Hummingbird

# Thanks to 1cm+

세계 독자들이 각국의 언어로 전해온 진심 어린 메시지✉

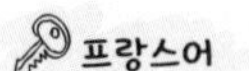

### 프랑스어

J'ai été attirée par ce livre
dès la vue de son titre, court et intriguant.
J'ai vraiment beaucoup apprécié sa lecture.
Une multitude de petites histoires et d'anecdotes
qui font tour à tour réfléchir, aimer et rire.

짧고 흥미로운 제목에 끌렸습니다.
이 책을 읽는 것은 정말 즐거웠어요.
생각하고, 사랑하고, 웃게 만드는
수많은 작은 이야기와 일화들.

### 중국어

书里面介绍了
许多人生感悟方面的小句子，
每一句的值得仔细品味。

이 책 속에는
인생의 깨달음에 대한
문장들이 가득해요.
하나하나 주의 깊게
음미할 가치가 있습니다.

### 일본어

私の人生の一冊です！
1ページ1ページに共感しました。
何度も読み返す本です。

내 인생의 한 권!
한 페이지 한 페이지에 공감했어요.
여러 번 읽는 책입니다.

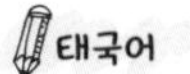

### 태국어

หนังสือที่ให้ความรู้สึกดี
ที่สุดที่ได้อ่านในปีนี้

올해 읽은 가장 기분 좋은 책

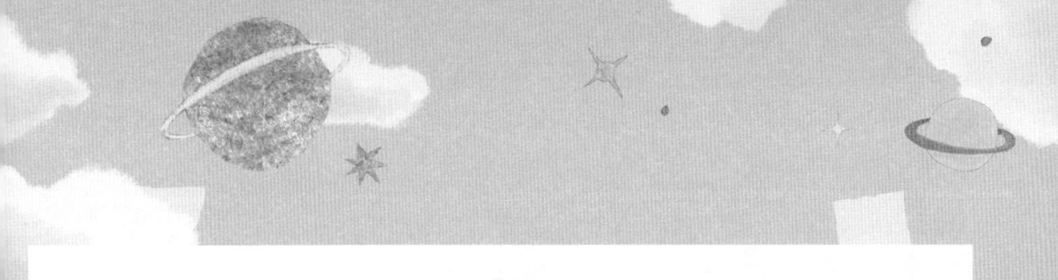

몽골어

Өнгөлөг гоё зурагтай, агуулга нь тун энгийн бөгөөд тайван мэдрэмж өглөө.

알록달록 아름다운 그림과 함께 심플하고 편안한 느낌을 주는 글.

베트남어

Tôi có trực giác khá tốt trong việc chọn sách đúng gu và đúng thời điểm, cuốn này là một ví dụ.
và tìm thấy rất nhiều điều lấp lánh.

저는 적절한 시기에 적절한 책을 고르는 것에 대해
꽤 좋은 직관을 가지고 있어요. 이 책이 하나의 예입니다.
많은 반짝이는 것들을 발견했어요.

영어

To one of my fave authors,
I've finished 1cm+ just now,
I was crying while reading the last few pages. You made me feel like I can still be a better person in my present life and in the future. I hope you may keep your light for a long time for us.

가장 좋아하는 작가님 중 한 분께.
저는 막 《1cm+》를 마쳤고 마지막 몇 페이지를
읽다 울었어요. 지금 그리고 앞으로의 삶에서
제가 여전히 더 나은 사람이 될 수 있다고 느끼게 해주신
작가님. 독자들을 위해 그 빛을 오래오래
지켜주시길 바랍니다.

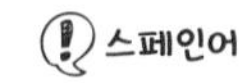

스페인어

Muy hermoso la que escribes.

정말 아름답게 쓰인 글이에요.

저는 병원에서 일하고 있습니다. 투병 중인 환우 분이 있는데 치료의 괴로움 때문에 마음을 닫고 있다가 제 애독서 《1cm+》를 빌려 보신 후 그분의 눈에 눈물이 그렁그렁해졌어요. 힘을 빼고 살겠다는 마음이 커졌다고 얘기해주셨어요. 그 후 치료에 의욕이 생겨 조금이라도 더 살기 위해 노력하고 있어요. 그분의 모습과 작가님 책으로 깊이 감동받았습니다.

작가님 책을 읽기 전과 후, 삶의 질이 달라지는 것을 느끼는 요즘입니다. 쓸쓸하고 외롭던 그리고 따분하고 무의미했던 일상에 새로운 바람이 불어온 느낌입니다. 이 감동 잊지 않고 더 나은 내일 그리고 순간을 위해 노력하려고 합니다.

초등학생이었던 제가 벌써 고등학생 2학년이 되었어요. 고등학생이 되어서도 작가님의 〈1cm〉 시리즈는 다 챙겨 보고 있어요. 많은 문학 작품을 접했지만 성인이 되어 학창 시절에 가장 생각나는 작가님은 은주 작가님일 것 같아요. 감사합니다.

저는 사회복지사로 일하면서 최근 2년가량을 너무 힘든 시간을 보내고… 중에 제가 담당하는 정신장애 대상자 분께서 처음으로 선물해주신 책입니다. 책을 받은 날 이 책을 읽고 펑펑 울었습니다… 작가님의 책을 통해 저처럼 마음의 위로를 받은 분들은 정말 많으실 것 같아요.

Because of your books make me know more possibility of '1cm'. When I feel confused, your essay always give me power, love your books. Reader from Taiwan. 謝謝妳.
덕분에 '1cm'의 가능성을 더 많이 알게 되었어요. 마음이 혼란스러울 때 항상 힘을 주는 글, 작가님의 책을 사랑합니다. 대만 독자 드림. 감사해요.

Your book is very good and interesting, I'm from Indonesia, want to thank unnie for making this book so beautiful.
작가님의 책은 정말 훌륭하고 재미있어요. 저는 인도네시아 사람입니다. 이 책을 너무 아름답게 만들어주신 언니(unnie)에게 감사드려요.

힘든 시기를 겪을 때 언니가 사준 《1cm+》를 읽었습니다. "앉은 자리를 바꾸지 않으면 새로운 풍경을 볼 수 없다"라는 글귀와 그림을 보며 한없이 눈물을 흘린 후 앉은 자리를 바꾸기로 결심하고 새로운 삶을 살고 있어요. 지금은 만나는 사람 모두에게 작가님의 책을 추천하고 있습니다.♥

일본에 사는 고등학생 1학년입니다. 장래에 대한 불안으로 예민해진 친구에게 《1cm+》를 빌려주었어요. 친구는 이 책을 읽고 눈물을 흘렸는데, '그 눈물은 슬픔이 아니라 마음이 가벼워진 뒤 흐르는 안도의 눈물'이라고 했습니다. 그 후 우리는 다시 친해졌습니다. 이 책을 읽고 언어의 벽을 뛰어넘는 경이로움을 느꼈어요. 한국에 가서 한국어 버전의 《1cm+》를 읽는 것이 저의 꿈 중 하나입니다.

• 김은주 작가의 서랍, 메일, 문자함 등에 간직된 국내외 독자의 메시지들.

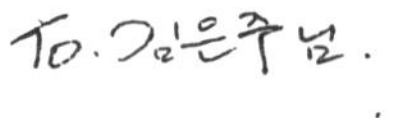

To. 김은주님.
군대에 와서 우연히 '1cm+'라는 책을 읽고 너무 감명(?)을 받아서 한 5번은
더 읽은 것 같네요. 제가 독학으로 캘리그래피를 공부하고 있는데 1cm+라는
책이 정말 많은 도움이 되었어요! 특히 책을 접으면 다시 새로운 내용의
글이 나온다거나 하는 등!

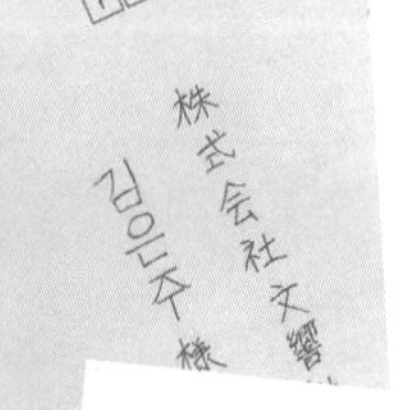

우연히 발견한 당신의 책을 읽고 저는
눈물이 나왔습니다.

내 마음은 구원을 받았습니다

정말 감사합니다.

번역기능을 이용한 편지입니다.
실수가 있다고 생각합니다. 죄송합니다.♥

당신의 일본인 편.

# CONTENTS.

Thanks to 1cm+ + 004

## CONNECTING.

### + 관계의 거리를 1cm 조절하면 우리는 더 자유로워진다

목적 없는 달리기의 목적지 + 012 혼자, 함께 + 014 변화를 위한 변하지 않는 사실 + 016 5초의 고정관념 + 018 귀인을 알아보는 방법 + 020 나 자신에 대한 오해 + 022 리버서블 인과관계 + 024 마음을 쓸 때와 아낄 때 + 026 스타일도 사람도 심플함이 클래식 + 028 희극과 비극의 차이 + 030 관계의 길이 + 032 1cm 낚시법 + 034 다른 사람의 불행을 대하는 태도 + 036 관계의 거름망_관계에 있어 시간 낭비를 줄여드립니다 + 038 독서라는 더하기와 빼기 + 041 말과 글의 종착지 + 044 사랑받기 위해 애쓰지 않아도 되는 이유 + 046 관계의 지도_관계로부터 자유로워지는 법 + 048 불행의 쓸모 + 052 열정이 가장 트렌디하다 + 054 '후회하는 나'에서 '물리적으로도 새로운 나'로 + 056 우리는 수영 선수가 아니다 + 058 결국, 끌리는 사람 + 060

## BREAKING.

### + 1cm만 시선을 옮겨도 새로운 세상이 보인다

하늘색이라는 고정관념 + 064 Old&New + 066 1cm 더 크리에이티브한 상상을 담은 일상 1 + 068 '좋아요'의 실체와 실제 + 070 그대로 바라보는 연습 + 072 번민에서 이너피스(inner peace)로 가는 방법 + 074 악마는 순간 속에 산다 + 076 홈쇼핑 채널의 철학 + 078 불만족의 고리 + 080 힐링 말고 사과가 필요할 때 + 082 흑과 백 + 084 Butter는 새로운 노랑 (모든 클래식도 최초에는 혁신이었다) + 086 모든 클래식도 최초에는 혁신이었다 2 + 088 반대로가 새로운 바로 + 090 1cm 더 크리에이티브한 상상을 담은 일상 2 + 094 나쁜 상상력 + 096 가까운 진리 + 098 크리에이터의 비결 + 100 다음 도형을 사각형으로 완성해보세요 + 102 시간에 대한 고정관념_시간을 바로 쓰는 법 + 104

# FINDING.

## + 내 심장 아래 1cm 지점에서 일어나는 일


나+ㅁ의 관계 + 110　나와 그 사람의 성난 강아지 혹은 와이프와의 문제 + 112　서툴러도 괜찮아 + 114　남을 살피는 대신 달리기 + 116　바로바로 늦지 않게 천천히 + 118　참을 수 있는 상처의 가벼움 + 120　세상 위로 떠오르는 방법 + 122　'강강약약'의 아름다움 '강약약강'의 한계점 + 124　About Me + 126　행복과 불행 가계도_내가 이름 붙인 감정들 + 128　이티(E.T.)의 정체 + 132　마음의 저울 + 134　수금지화목토천해, 명 + 136　외로운 질문 + 138　마음의 커튼 + 141　바오밥나무를 심지 말 것 + 144　아날로그 Me + 146　긍정 이론 + 148　슬픈 하루를 구성하는 것들 + 150　증오에서 벗어나는 법 + 152　위로의 재료 + 154　이건 비밀인데 (비밀에 관한 짧은 고찰) + 156　세상이 나로 인해 좋아진다 + 160


# LOVING.

## + 서로에게 1cm 더 가까이


시간의 뺄셈 + 164　사랑이라는 동물 + 166　두 사람이 할 수 있는 가장 아름다운 것 + 168　발견 + 170　진심 이용 금지 + 174　3% 진실 농축액 주스 + 176　아껴주세요 + 178　여자 기분 + 180　나는 혼자 + 182　끝난 사랑에 대한 조언 + 186　MBTI 하루 분류법 + 188　남자에겐 어려운 문제 + 190　쇼핑 아이러니 + 192　사랑 접속사 + 194　코끼리를 예로 들어 + 196　가볍지만 필요한 몇 가지 조언 + 198　사랑을 못 하는 이유 + 200　1 or 2 + 202　다음 조건을 충족시키는 단 한 사람은? + 204　동물의 왕국 – 수컷 편 + 206　동물의 왕국 – 암컷 편 + 208　우산 펼치기 + 210


# RELAXING.

## + 완벽한 하루에도 1cm 틈이 필요해


졸음은 좋음 + 214　Once a Week + 216　샐러리맨이 싫어하는 덧셈 + 218　우주를 잃어버리지 말 것 + 220　거울이 모르는 당신 + 222　지난번 데려온 고양이가 말을 해 + 224　월요일 아침의 단말마 + 226　도둑보다 행복해야지 + 228　(몰래카메라) + 230　자물쇠는 하나지만 열쇠는 여러 개 + 234　갑자기 찾으면 없는 것 몇 가지 + 236　웃게 하면 웃을 수 있다 + 238　1cm 더 크리에이티브한 상상을 담은 일상 3 + 240　나를 위로 하는 것들 1 + 242　나를 위로 하는 것들 2 + 244　나를 위로 하는 것들 3 + 246　나를 위로 하는 것들 4 + 248　오늘도 좋은 하루 + 250　아이어른 + 252　현실로 떠나는 티켓 + 254


# DREAMING.

## + 1cm의 꿈을 가지면 늙지 않는 어른이 된다

악마의 애장품 + 258　꿈(　)이루다 + 260　도전! + 262　낡은 열쇠로도 + 264　예를 들어 + 266　속도위반 + 268　인내는 달다 + 270　짧은 즐거움, 긴 즐거움 + 272　'하루'에 대한 오해 + 274　자연은 알고 있다 + 276　머리가 가슴을 모른 척할 때 생길 수 있는 일 + 278　적응하지 말 것 + 280　지는 태양 앞에 화내지 않는 것은 + 282　Keep Walking + 284　미래로부터 온 편지 + 286　당신이, 당신이 될 수 있기를 + 290　영감(靈感)의 릴레이 + 292

등장인물 비하인드 스토리 + 294
나의 1cm는 당신입니다 + 296

FIRST CLASS

관계의 거리를 1cm 조절하면 우리는 더 자유로워진다

TIME
NOW

GATE
1

# 목적 없는 달리기의 목적지

오늘 7km를 달렸다면
나에게 그만큼 가까워진 것이다.

## 혼자, 함께

혼자여도 외롭지 않은 이유는
나와 함께이기 때문이다.

온전히 즐기는
혼자인 시간은
함께인 시간이다.

혼자의 달리기
혼자의 독서
혼자의 장보기와 요리
혼자의 산책

혼자의 (          )
다른 말로,
나와 함께 (          )

나와 함께여서 즐거운 시간을 찾는 것도
함께여서 즐거운 사람을 찾는 것만큼 중요하다.

혼 자

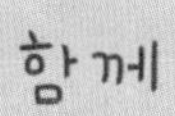

함께

# 변화를 위한 변하지 않는 사실

앉은 자리를 바꾸지 않으면
새로운 풍경을 볼 수 없다.

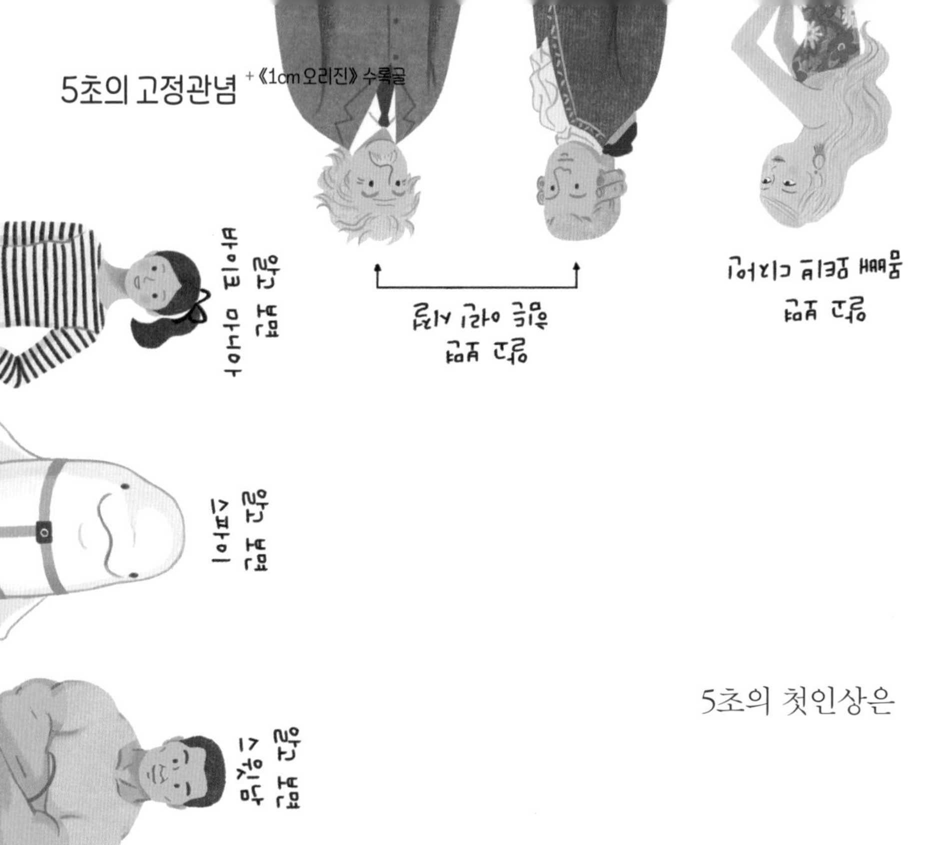
알고 보면
힘든 어린 시절
알고 보면
몸빼 모티브 디자인
알고 보면
바이크 마니아

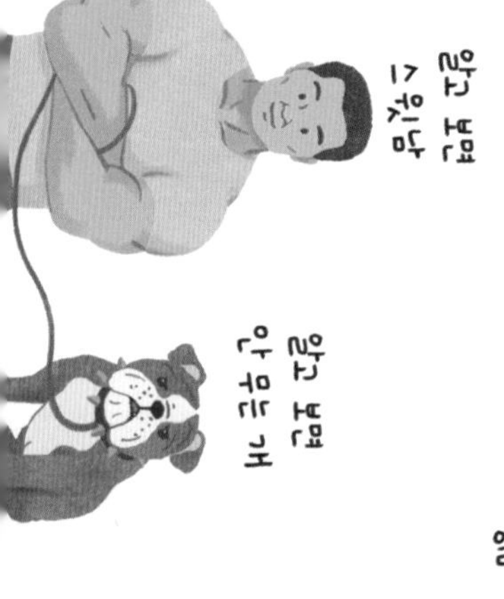
알고 보면
스파이
알고 보면
스윗남
알고 보면
안 무는 개

5초의 첫인상은

알고 보면
청순한 눈

알고 보면
락커

알고 보면
독사과

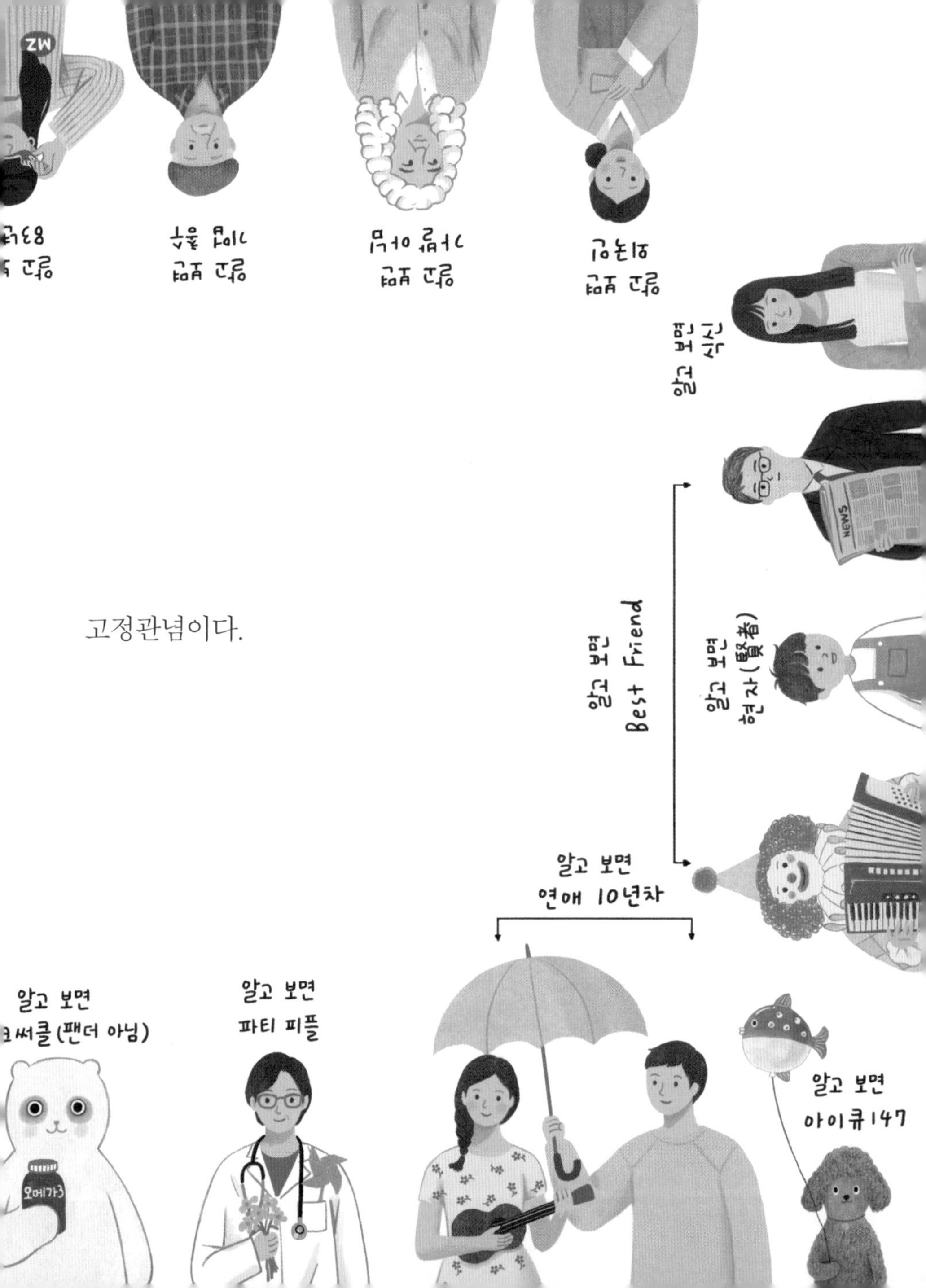
알고 보면
Best Friend
알고 보면
현자(賢者)
NEWS
알고 보면
연애 10년차
알고 보면
아이큐147
알고 보면
파티 피플
알고 보면
써클(팬더 아님)
오메가3

고정관념이다.

# 귀인을 알아보는 방법

귀인은 동쪽 어딘가에서 만날 사람이 아니라
멀리서도 나를 만나러 오는 사람이다.

가까이서도 여러 가지 핑계로 얼굴을 보기 힘든 친구가 아닌
멀리서도 나라는 이유 한 가지로 찾아오는 친구가
바로 귀인이다.

# 나 자신에 대한 오해

내가 말수가 적은 사람인 줄 알았는데
그것은 자기 말만 하기 좋아하는 사람과 함께일 때의 나였고,
내가 주눅 들어 있는 사람인 줄 알았는데
그것은 나에게 큰소리치는 사람과 함께일 때의 나였고,
내가 재미없는 사람인 줄 알았는데
그것은 나와 코드가 맞지 않는 사람과 함께일 때의 나였다.
내가 흥미 없는 사람인 줄 알았는데
그것은 나와 같은 흥미가 없는 사람과 함께일 때의 나였고,
내가 화가 많은 사람인 줄 알았는데
그것은 매번 나와의 약속을 어기는 사람과 함께일 때의 나였다.

내 말에 귀 기울이는 사람
나에게 다정한 사람
나와 유머 코드가 잘 맞는 사람
같은 흥미와 비전을 가진 사람,
진심으로 대해주는 사람을 만났더니
나는 수다가 늘었고, 어깨를 펴고,
유머러스하고, 두 눈이 반짝이는 사람,
온화한 사람이 되었다.
훨씬 더 내 마음에 드는 내가 되었다.

내 마음에 드는 나를 만나려면
내가 어떤 사람을 만나느냐는 사실 또한 중요하다.

새로운 행성을 찾아 헤매는 천문학자처럼
어두운 밤 반짝이는 별 같은 사람을 찾아내자.

서로의 마음을 더 빛나게 만들어주는 위성 같은 각자의 사람이
우주 안에 분명히 존재한다.

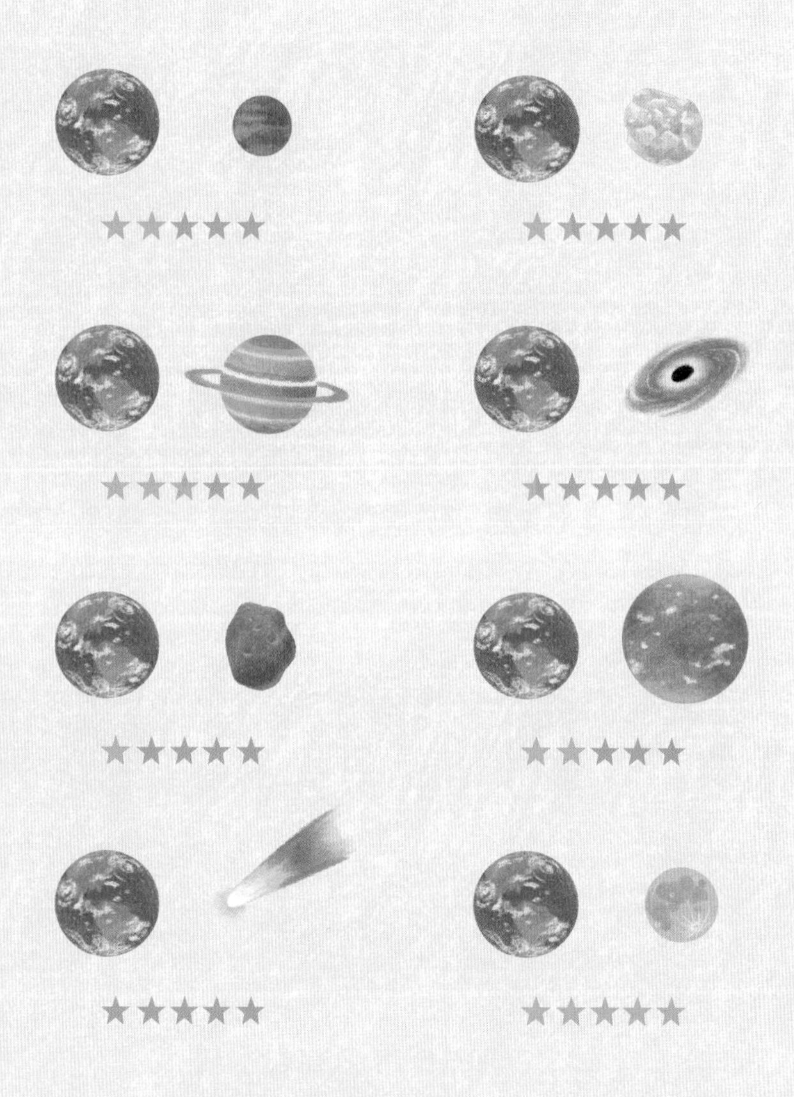

관계의 별점

# 리버서블 인과관계

좋은 일이 생겨서 웃는다.
웃으니까 좋은 일이 생긴다.

넉넉해서 나눈다.
나누면 넉넉해진다.

예뻐서 사랑한다.
사랑하니까 예뻐 보인다.

친구라서 믿는다.
믿으니까 친구다.

잘하니까 칭찬한다.
칭찬하면 잘한다.

충분해서 만족한다.
만족하니 충분하다.

가능한 일이면 시작한다.
시작하면 가능해진다.

젊기에 도전한다.
도전하기에 젊은 것이다.

세상이 달라지니 생각도 바뀐다.
생각을 바꾸면 세상이 달라진다.

리버서블 자켓
그냥 입으면 야구점퍼!

뒤집어 입으면
꽃점퍼!

90년대
유행 스타일인데?

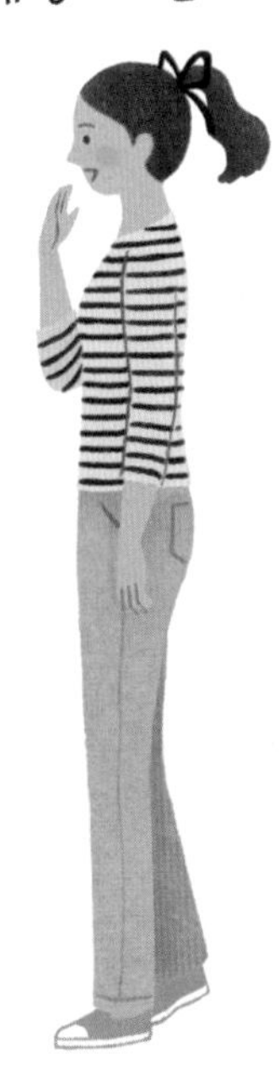

## 마음을 쓸 때와 아낄 때

어떤 사람과의 관계는 억지로 풀어야 하고
어떤 사람과의 관계는 저절로 술술 풀린다.

자꾸만 풀어야 할 일이 생기는 관계는, 불편하게 얽히는 관계는,
굳이 얽매일 필요 없는 관계일 확률이 높다.

시간과 돈뿐만 아니라 마음도 한정되어 있다.

마음을 써야 할 사람이 있고,
마음을 아껴야 할 사람이 있다.

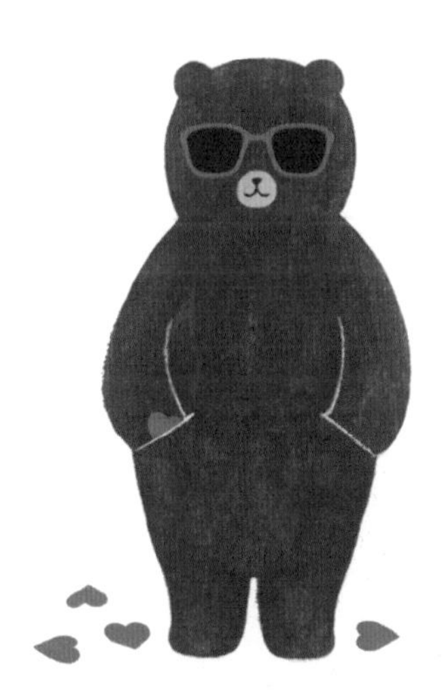

마음을 아낄 때

마음을 쓸 때

__________ 에게 (께)

## 스타일도 사람도 심플함이 클래식

제인 버킨• 의 청바지와 흰 셔츠, 오드리 헵번•• 의 블랙 원피스,

• 영국 출신 배우 겸 모델로 프렌치 시크의 대명사.
•• 영화 〈로마의 휴일〉, 〈티파니에서 아침을〉 등으로 '헵번 룩'을 유행시킨 스타일 아이콘.
••• 세련된 패션과 탄탄한 연기로 1960년대를 풍미한 배우이자 인권 운동가.

진 세버그*** 의 스트라이프 티,

오늘 그것을 입은 당신.

영원히 사랑받는 것은 이토록 심플하다.

의도를 숨긴 의뭉스러운 사람이 아닌,
마음도 스타일도 심플한 사람에게 우리는 끌린다.

# 희극과 비극의 차이

#1

바닷가 레스토랑, 펼쳐진 화이트 샌드, 따사롭게 내리쬐는 햇볕,

알맞은 온도로 부는 바람, 완벽하게 세팅된 클래식한 테이블 장식,

우아한 식기 위의 최고급 요리를 앞에 두고 앉아 있는 두 남녀.

남: I hate you!

여: I curse you!

영화 속, 아무리 아름답고 완벽한 풍경이 펼쳐져 있어도

그것을 배경으로 두 주인공이 서로에게 상처를 주는 대사를 던지고 있다면

그 장면은 결코 희극이 될 수 없다.

반대로,

아무리 초라하고 척박한 풍경이 펼쳐져 있어도

그것을 배경으로 두 주인공이 속삭이며 사랑을 나누고 있다면

그 장면은 결코 비극이 아니다.

다시 말해,

절망을 마주한 상황에서도 주인공이 두 손을 불끈 쥐고

일어날 힘을 다진다면

그 장면은 절망이 아닌

희망을 말하는 장면이 되는 것이다.

인생도 그러하다.
삶의 한 장면이 희극이냐 혹은 비극이냐,
희망이냐 절망이냐를 결정하는 것은
아름답거나 비참하거나 환희에 차거나 가슴 아픈 풍경이 아닌
오직 그 풍경 안에 서 있는 사람이다.

# 관계의 길이

To. Me

그 사람이 얼마나 감탄할 만한 장점을 갖고 있느냐가 아닌
그 사람의 단점을 얼마나 견딜 수 있느냐에 따라
관계의 길이는 결정되곤 한다.

From. Me

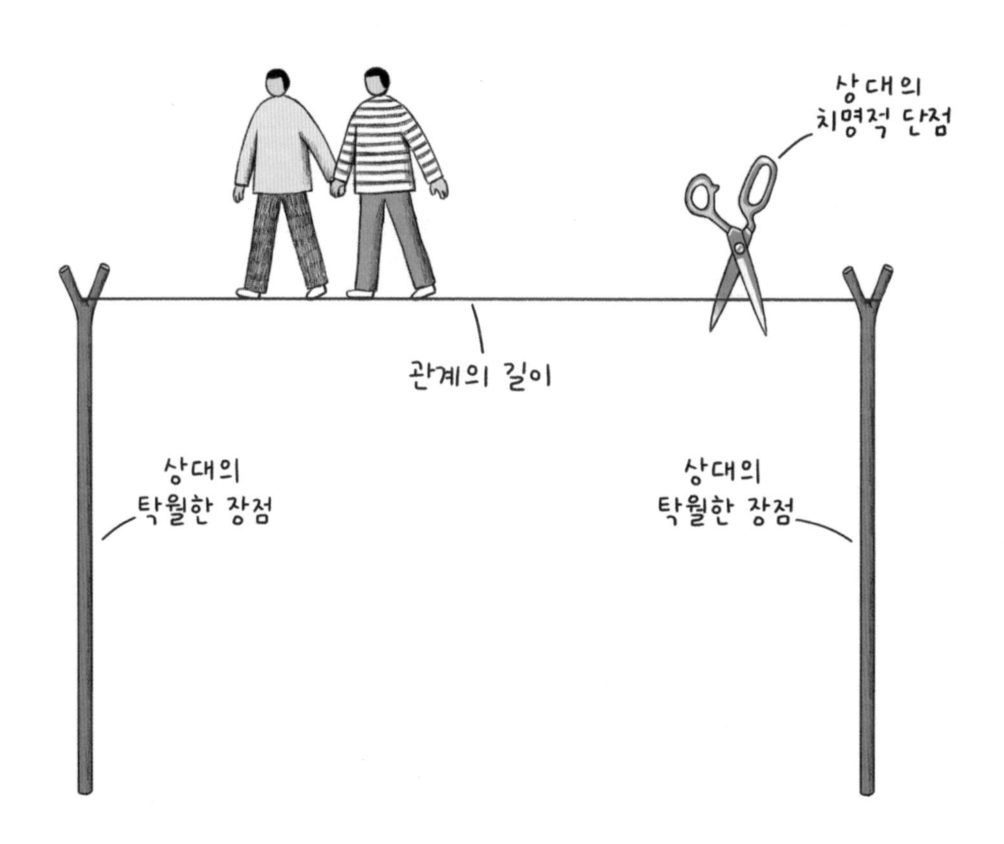
상대의
치명적 단점
관계의 길이
상대의
탁월한 장점
상대의
탁월한 장점

# 1cm 낚시법

To. Me

우리는 '지금 순간'이라는 '인생의 가장 중요한 순간'을 낚으며 살아간다.
가끔씩 그 사실을 잊고 흘려보낸다는 것이 가장 아깝고 안타깝다.

지금을 자주 낚는 것이 세상의 커다란 어떤 것을 낚는 것보다
인생에서 중요한 기술이다.

From. Me

# 다른 사람의 불행을 대하는 태도

가까이해야 하는 사람인가, 아닌가를
판단하는 가장 쉬운 방법 중 하나는 그가
다른 사람의 불행에 대한 수다를 즐기는 사람인가 아닌가를 살펴보면 된다.
타인의 불행에 신나 하는 사람은, 멀리하면 할수록 좋은 사람이다.

남의 불행을 재미있는 이슈거리로 생각하는 사람이 아닌,
훗날의 이익을 위해 오늘 도와주는 척하는 사람이 아닌,
그 사람이 완전히 깜깜한 불행에 빠졌을 때에도 태도가 변하지 않는 사람,
진정으로 그의 불행에 공감하고, 위로해주고, 떠나지 않고 곁에서
마음을 비추어주는 사람이 진짜 사람,
손 내밀고 잡아주는 사람이 진짜 내 사람이다.

잘 세팅된 머리, 번지르르한 옷매무새, 몸에 걸친 장신구가 아닌
누군가의 불행을 대하는 태도에 그 사람의 품격이 가장 잘 드러난다.

불행의 상황

진짜 불행의 상황

에서 드러나는 진짜 관계

# 관계의 거름망_관계에 있어 시간 낭비를 줄여드립니다

누군가를 친절하게 대했을 때,
당신을 만만하게 대한다면 걸러도 되는 사람.

사람마다 세속적인 급을 나눠
약자에게 함부로 하고 강자에게 굽실거린다면
걸러도 되는 사람.

만날 때마다 묘하게 기분이 나빠지고
나 자신과 내 인생에 자꾸 의문을 품게 만든다면
걸러도 되는 사람.

무리 지어 다니며 세력을 과시하거나
유치하게 편을 가른다면,
걸러도 되는 사람.

A와 함께일 때 B의 험담을 하고,
B와 함께일 때 A의 험담을 한다면,
걸러도 되는 사람.

열등감에 차 있어
좋은 뜻도 꼬아 듣고
비교와 권모술수로 피곤하게 한다면,
걸러도 되는 사람.

걸러도 되는 사람을 거르는 방법은
최소한의 예의와 무관심이다.

같은 원두도 어떻게 거르느냐에 따라

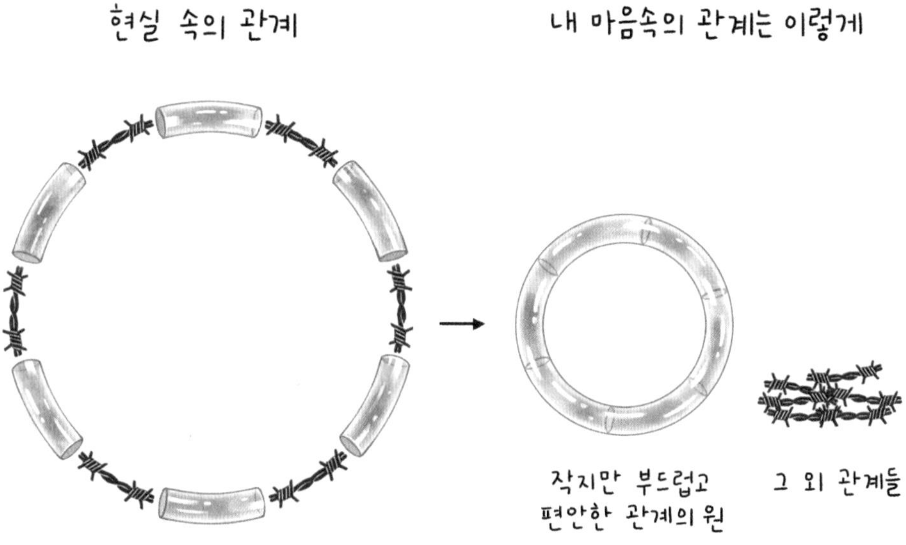

현실 속의 관계

내 마음속의 관계는 이렇게

작지만 부드럽고
편안한 관계의 원

그 외 관계들

아주 쓴 커피나 향이 좋은 커피가 되듯,
내 주변에 어떤 사람을 거르고 두느냐에 따라
나를 둘러싼 향과 공기, 나 자신이 달라진다.

그리고 이 모든 것의 전제는
적절한 물의 온도와 드립 속도로
좋은 향의 커피를 내리듯,
먼저 나 자신에게 공을 들여
좋은 향의 좋은 사람이 되는 것이다.

스스로에게 정성과 시간을 들여 현명하고 좋은 사람이 되면,
결국 관계에서 낭비하는 시간을 절약할 수 있다.
천박하고 고약한 사람을 쉬이 알아보고 거를 수 있게 되며,
멀리서도 풍기는 좋은 향의 당신을,
좋은 사람이 알아보고 찾아온다.

마지막으로,
누구나 사람에 대해 느끼는 것은 비슷하다.
다만 예의 바르거나 성가시거나,
자신에게 별 중요한 사람이 아니라 티 내지 않고 있을 뿐.

# 독서•라는 더하기와 빼기

독서는 인생의 어느 순간 유용한

더하기와 빼기이다.

어떤 책은 좋은 생각을 더하기 위해 읽지만

의자 Design_카림 라시드(Karim Rashid)

• 인류 역사의 오랜 기간 동안 '독서'는 특정 계급에만 허용되었으며 권력의 상징이었다. 18세기 말 유럽에서 인쇄술의 발달로 서적상으로부터 개인이 책을 구입하게 되자 마침내 일반 사람들도 책을 읽는 독서 혁명이 일어났고, 우리나라는 19세기 조선시대 신분제가 흔들리면서 양반의 전유물이었던 글을 평민들이 익히며 한글 소설, 판소리 등의 문화가 태동했다.

어떤 책은 나쁜 생각을 쓸어내기 위해 읽는다.

삶이 허전하거나 복잡할 때,
가까운 도서관이나 서점을 찾아보자.

책으로부터 새로운 아이디어를 얻고,
동시에 오래된 고민을 지울 수 있을 것이다.

찻잔•• , 초콜릿••• 과 더불어 귀족의 전유물이던 책은
이제는 아주 합리적인 비용만으로
누구에게나 기꺼이 펼쳐진 세계가 된다.

•• 15세기 유럽인은 '동양의 신비로운 차'에 열광해 부와 권력의 상징으로 찻잔을 모으고 진열했다. 차를 전문으로 파는 '티 가든'이 유행했고, 식민지에서는 차를 재배했으며, 고가의 찻잔을 든 모습을 초상화로 즐겨 남기기도 했다.

••• 멕시코 원주민이 음료나 약용으로 귀히 사용하던 카카오 원두는 15세기 말 콜럼버스가 유럽에 처음 소개했고, 17세기 중반 유럽 전역으로 퍼지게 되었다. 초콜릿은 귀족들의 아침 식사 메뉴로 애용되었으며 귀족들은 따뜻한 초콜릿 한잔으로 하루를 시작했다.

이상한 사람
상처받은 말
두려움
말실수
고민
괜한 걱정
실패
미련

말은 빨리 가고 글은 멀리 간다.
고운 말로 당신의 마음이 웃기를.
좋은 글로 그대의 마음이 낫기를.

## 사랑받기 위해 애쓰지 않아도 되는 이유

우리는 나를 사랑해달라고
크게 외치는 사람을
사랑하지는 않는다.

내 눈에 사랑스러운 사람,
나에게 맞는 사람과
조용히 절로 사랑에 빠진다.

그것이
누군가에게 사랑받기 위해
무던히 애쓰지 않아도 되는,
남의 시선을 벗어나
내가 볼 때 더 사랑스러운 내가 되는 데
좀 더 집중해도 되는,
이유이다.

오래된 친구가 진정한 친구라는 고정관념이 누구에게나 있다.
그래서 오래된 친구에게 나도 모르게 더 높은 기대감을 싣는다.
높이 던진 공에 맞을수록 그 아픔은 커지듯,
높은 기대감은 때로 더 큰 실망감으로 이어진다.

아플 때 언제나 기댈 수 있으리라 기대하지만,
힘들 때 바빠서 내 옆을 비울 수도 있고,
나의 고민에 진심으로 귀를 기울이리라 기대하지만,
나의 고민에 별 관심이 없을 수도 있다.

나를 잘 알고 있으리라 기대하고,
동시에 내가 그 사람을 잘 알고 있으리라 자신하지만
언젠가부터 친구는 나를 모르고,
내가 알던 친구의 모습이 아님에 서운할 수도 있다.
생각보다 많은 것을 공유하고 있지 않음을 깨달을 수도 있다.

간직하던 어린 시절 추억 속 익숙한 모습,
생각, 취향, 마음이 너무도 잘 통했던 시절은
그 시절에 속해 있다.
사실 이미 그것만으로 가치 있다.
단 그 시절을 온전히 기대하거나 기대지는 말라.

솜사탕과 같이 달콤한 추억의 무게는 현실의 무게와 다르고,
어릴 적 놀던 고무줄놀이의 룰을 잊어버린 것처럼
우리의 모습은 너무도 많이 변했기 때문이다.

관심사는 달라지고,
성격도, 말투도,
살아가는 가치관도 달라진다.
오래된 관계라는 것은 곧 오래된 세월의 흐름에
돌산이 깎여 편평해지듯,
또 길이 없어지고 새로운 길이 생기듯,
변화의 가능성을 내포하고 있는 관계임을 의미한다.

그것은 나쁜 것도 실망스러운 것도 아닌,
단지 자연스러운 것이다.

오래된 친구를 가장 친한 친구라는 기대감이 섞인 프레임이 아닌
말 그대로 '오래된 친구'라는 시선으로 바라본다면
관계는 훨씬 담백해질 수 있다.
관계는 애써야 할 때도 있지만 애쓰지 않아야 할 때도 있다.

'내가 알고 있던 모습이 아니야'가 아닌
'아, 이런 모습도 있구나',

'내가 이럴 때는 이렇게 해주면 좋을 텐데'가 아닌
'그만의 방식이 있겠지'.
또 즐거운 일이 있으면 지금까지 그랬듯 같이 웃을 수도,
여전히 함께 깊은 내면의 마음을 나눌 수도 있다.
그곳에서부터 관계는 다시금 좋은 기억으로 이어진다.

그렇지 않을지언정 크게 실망할 필요는 없다.
세월을 뛰어넘는 또 다른 좋은 관계가 시작될 수도 있는 법이니까.

서로에 대한 기대라는 등고선은 낮아질 수도 높아질 수도,
사람에 대한 호감이 부는 방향이 북동쪽에서 남서쪽으로 바뀔 수도,
자주 만나는 사람들의 숲이라는 지형이 달라질 수도 있다.
한 사람의 인생에서 관계의 지도는 계속 바뀐다.

그 변화를 인정한다면, 관계에 자유를 허용한다면,
나 또한 관계로부터 자유로워질 수 있다.

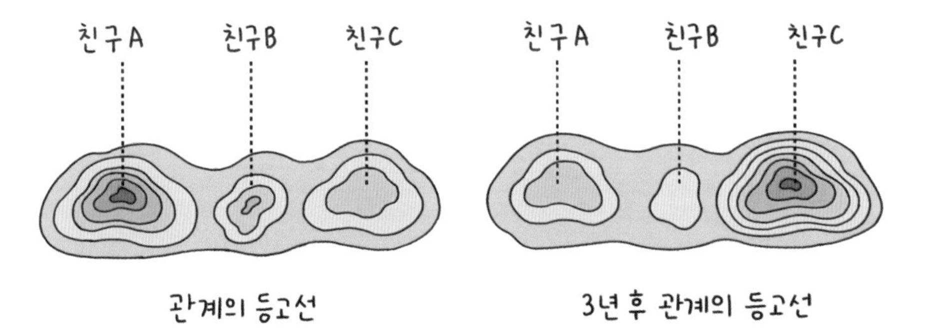
친구A
친구B
친구C
관계의 등고선
친구A
친구B
친구C
3년 후 관계의 등고선

## 불행의 쓸모

행복하기만 한 사람은
다른 사람의 불행을 진심으로 이해하고,
그의 행복을 빌어주기 어렵다.

불행할 때 우리는
깊게 침잠하기도, 간절히 소망하기도,
나와 비슷하거나 더한 불행에 빠진 이에게 공감하며
삶의 다른 면들을 조명할 수 있게 된다.
나의 세계가 다른 사람의 세계에 맞닿고 확장되는
값진 경험을 하게 되는 것이다.

한 번의 불행은
몇 권의 철학책을 읽는 것보다
삶을,
나 자신과 타인을,
깊이 있고 입체적으로 바라보게 한다.

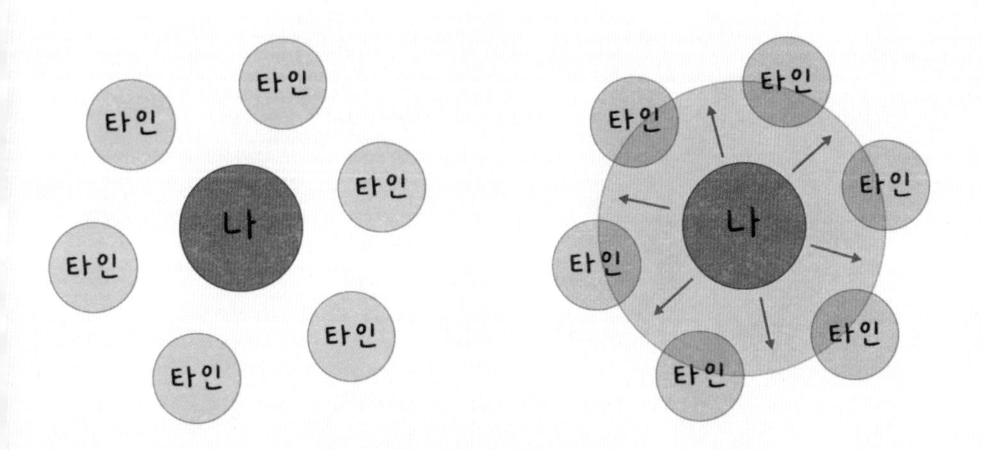
타인
타인
타인
나
타인
타인
타인
타인
타인
타인
타인
나
타인
타인
타인
타인
불행에 대한 값진 경험
타인과 삶에 대한 이해의 폭

# 열정이 가장 트렌디하다

'노력'이라는 단어는 자칫 촌스러워 보이지만,
우리가 즐기는 가장 트렌디한 그 음악, 그 영화, 그 패션, 그 개그 모두
누군가의 묵묵한 노력으로 완성되었다.

가난, 아픔, 좌절보다 더 힘든 것은
언제 끝일지 모르는 가난, 아픔, 좌절.
그럼에도 계속 나아가는 것이 노력.
그 노력으로 일군 성공.

이 세상이 성공은 질투할지라도
노력은 존중하는 이유이다.

열정이 가장 트렌디하다.

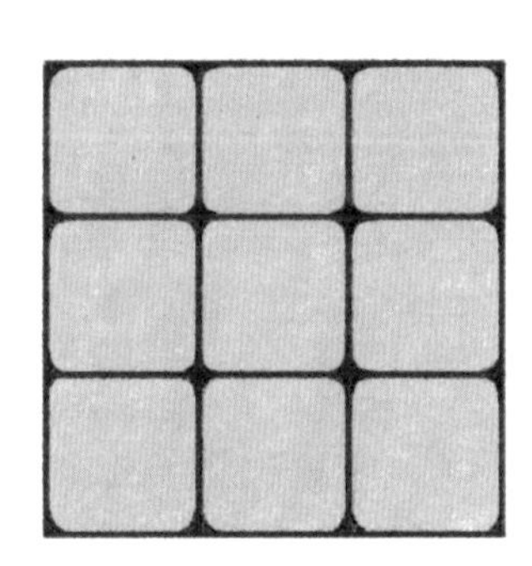

완 성

되어가는 중

## '후회하는 나'에서 '물리적으로도 새로운 나'로

'순간의 선택이 인생을 결정한다'라는 명제 안에 갇히면
영영 그 순간에 사로잡혀 앞으로 나아갈 수 없다.

어떤 후회스러운 선택을 하더라도
어떤 잘못된 선택을 하더라도
결국 삶을 원하는 방향으로 틀 수 있는 것은
나 자신이다.

'순간의 선택이 인생을 결정한다'라는 인과관계의 문장을,
'순간의 선택을 하는 것도, 인생을 결정하는 것도 나 자신이다'라는
주체적인 문장으로 바꿔보면 무게는 덜어진다.

그럼으로써 우리는 '과거의 그 선택'에서 벗어나
'온전히 새로운 순간'을 맞이하고 만들어갈 수 있게 된다.
또한 어제 내가 내린 잘못된 선택은,
오늘 혹은 내일의 내가 어떤 선택을 내리느냐에 따라
탁월한 선택으로 바뀔 수도 있는 법.

그 사실을 깨닫는다면
어떤 선택을 하든, 어떤 결과를 맞든
그 선택과 결과에 짓눌리지 않고 마음이 한결 가벼워질 것이다.
그다음의 발걸음을 조금 더 힘 있게
내디딜 수 있을 것이다.

인간의 몸은 주기마다 새로운 세포로 바뀐다.
백혈구는 약 10일마다,
피부 세포는 28일마다,
폐 표면 세포는 2, 3주마다,
뇌 속 단백질 세포는 한 달에 98% 새로운 세포로 바뀐다.
물리적으로도 나는 이미 매 순간 새로운 나로 바뀌는 중이다.

새로운 내가 내리는 새로운 선택은
늘 우리를 기다리고 있다.

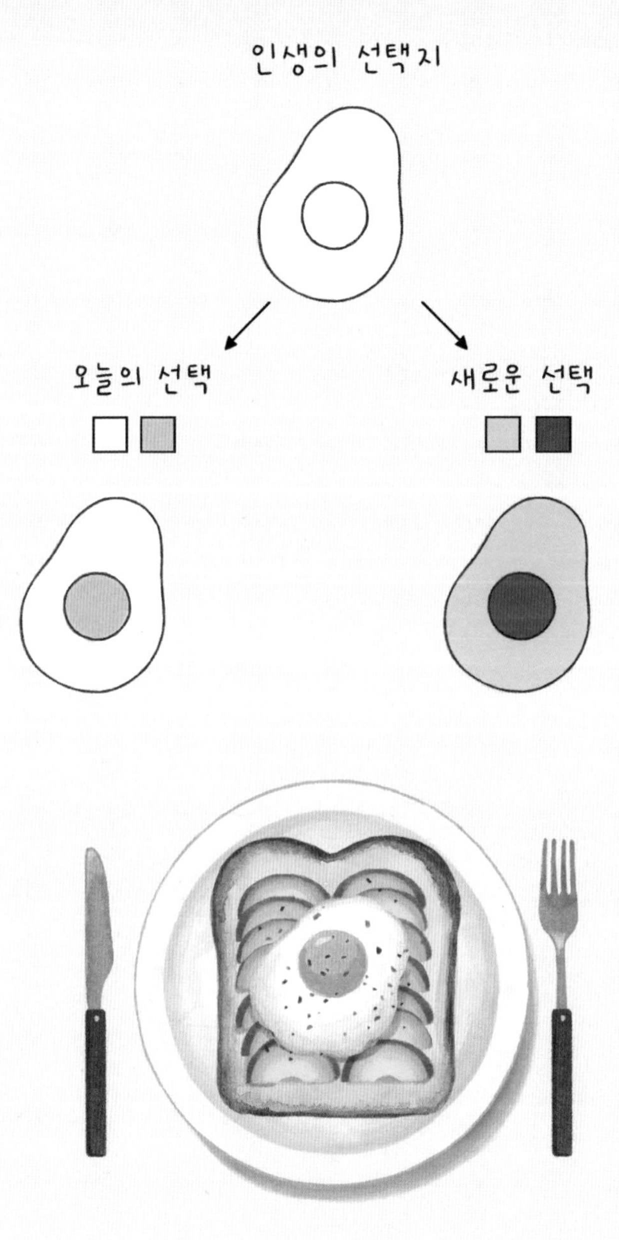


그 결과

## 우리는 수영 선수가 아니다

용기 내라는 말 한마디 하는 데에는
준비운동이 필요하지 않다.

사랑한다는 말 한마디 하는 데에는
준비운동이 필요하지 않다.

네 편이라고 따뜻하게 포옹해주는 데에는,
수고했다고 등을 토닥여주는 데에는,
정말 고마웠다고 고개 숙이는 데에는,
준비운동이 필요하지 않다.

그런데도 사람들은
깊은 물속에 뛰어들기 전 준비운동을 하듯,
심장에 무리가 갈까
혹여 관절이 삐끗할까
머뭇머뭇하다가
눈치만 보다가
타이밍을 놓친다.
나눌 수 있는 마음,
작아질 수 있는 슬픔,
더 커질 수 있는 웃음을 놓친다.

우리는 수영 선수가 아니다.
타인의 마음은 수영장이 아니다.

상대방의 마음속에 뛰어들기 위해선
준비운동 따위는 필요 없다.

단지 진실한 말 한마디만,
그것이면 충분하다.

1.

2.

3.

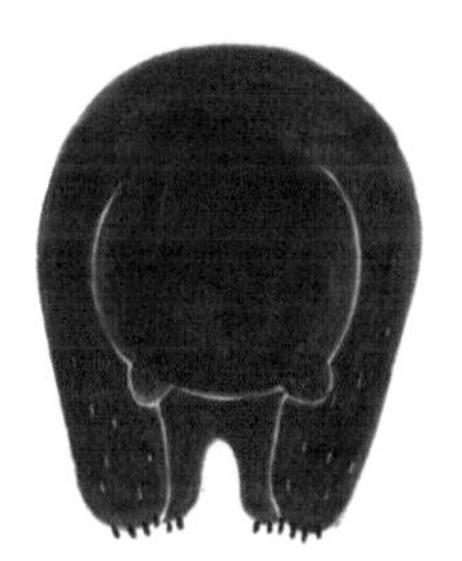

4.

5.

## 결국, 끌리는 사람

입바른 사람은
예의 바른 사람의 상대가 되지 않고,

천박한 사람은
순박한 사람을 압도할 수 없다.

맞짱 뜨는 사람은
맞장구치는 사람 앞에서 싸울 의지를 잃고,

남을 낮추는 사람은
나를 낮추는 사람보다 높아질 수 없다.

겉으로만 친절한 척하는 사람과
진심을 다하는 사람은 같아질 수 없는 법.

지금 이 세상은 서로에 대한 갈등과 혐오로 넘치는 듯 보이지만
세월이 지나도 변하지 않는 사실 한 가지는,
우리는 여전히 좋은 사람, 착한 사람을 알아보고
그런 사람에게 결국, 마음을 열고 끌린다는 것이다.

FIRST CLASS

1cm만 시선을 옮겨도 새로운 세상이 보인다

| TIME | GATE | NEXT |
| --- | --- | --- |
| NOW | 2 | FINDING |

고정관념을 깨는 첫 번째 순서는
그것이 고정관념이라는 것을 깨닫는 것.

**하늘색2**
일출 무렵의 하늘색

**하늘색3**
노을 진 때의 하늘색

**하늘색4**
흐린 날의 하늘색

**하늘색5**
한밤중의 하늘색

**하늘색6**
새벽녘의 하늘색

**하늘색7**
사랑에 빠졌을 때의 하늘색

전동 칫솔이 나와도
칫솔은 버려지지 않았다.

자동 우산이 나와도
우산은 버려지지 않았다.

TV가 나와도
라디오와 영화는 사라지지 않았으며,

새로운 노래가 나와도
옛 노래는 끊임없이 연주되고 있다.

**새로운 것은 환영받지만,**
**익숙한 것은 사랑받는다.**

지구가 네모라면 아침, 저녁, 밤을 만드는 보자기.

아침

저녁

밤

## '좋아요'의 실체와 실제

아이러니한 사실은
'좋아요'를 누르는 인스타그램 속보다
바깥세상에 당신이 실제로 좋아할 만한 것들이
훨씬 더 많다는 사실이다.

♡ '좋아요'는 누르는 것이 아니라,
♥ 느끼는 것이다.

From me
To me

비관주의자의 의견
"물이 반밖에"
낙관주의자의 의견
"물이 반이나"
실제
"컵 안에 반쯤 담긴 물"

## 그대로 바라보는 연습

**비관주의자의 의견:**

**"물이 반밖에"**

**낙관주의자의 의견:**

**"물이 반이나"**

**실제:**

**"컵 안에 반쯤 담긴 물"**

때로는 어떠한 의견을 배제하고,
복잡한 생각을 뒤로하고,
사물과 상황을 있는 그대로 바라보는 연습도 필요하다.

그것이 우리를 너무 가라앉지도 너무 들뜨지도 않은 채
물 위를 매끄럽게 흘러가는 소금쟁이처럼
부드럽게 앞으로 나아가게 해준다.

현실을 있는 그대로 바라보고 받아들인다면
삶은 생각보다 훨씬 단순해진다.

# 번민에서 이너피스•로 가는 방법

요즘 내 마음의 모습은 어느 쪽 찻잔과 주전자에 가까울까?

A의 모습이 자주 보인다면,
바쁜 일상을 핑계로 마음을 덮어놓기보다
실제로 테이블에 앉아
조용히 차를 마시는 시간이 필요하다.

현재에 집중할 수 없게 만드는 것이 과연 무엇인지,
불안이나 걱정의 실체를 마주하는 시간,
나 자신과의 대화 시간이 필요하다.

다시 편안한 마음으로
나만의 티타임을 즐길 수 있도록.

• inner peace. '내면의 평화'를 뜻한다.

A. 불안에 집중

B. 현재에 집중

# 악마는 순간 속에 산다

순간의 분노, 순간의 오해, 순간의 욕망, 순간의 좌절, 순간의 유혹…….
악마는 순간을 지배한다.

순간을 지배함으로써 모든 것을 지배하는 법을 안다.

인간은 나약하므로 순간에 굴복당함으로써
많은 것을 잃어버리는 과오를 범한다.

반대로
순간이 순간일 뿐이라는 것을 깨닫게 된다면,
그래서 곧 지나가버릴 순간에 구속당하지 않는다면,

우리의 영혼과 인생은
더 자유로워질 수 있다.

## 홈쇼핑 채널의 철학

비 오는 날에 짚신, 햇볕 쨍쨍한 날에 우산까지 팔아치울 것 같은
TV 홈쇼핑에서도 배울 수 있는 몇 가지가 있다.

"품질은 명품 가방 못지않습니다! 진짜 송아지 가죽 같은 부드러운 이 질감!"
어떤 것이든 긍정적으로 바라보는 시선.

"한 팩 더해서 최대 혜택, 오늘밖에 없습니다! 지금 전화 주세요!"
지금 순간에 집중하자는 다르마•적인 태도.

"아, 베이지 품절! 품절입니다!"
인생은 타이밍이라는 교훈.

"반품은 일주일 이내에 얼마든지 가능합니다."
누구나 잘못된 선택을 하며, 그것을 만회할 기회 또한 있다는 증거.

홈쇼핑 채널 안에도
인생철학이 있었다.

• Dharma. 불가에서는 '부처님의 가르침'을 뜻하며 한편으로는 '이 순간의 진실'을 가리키기도 한다.

인생철학을
너무 많이
경험했나?
내건 안 샀어?

# 불만족의 고리

배고픈 사람에게 신이 빵을 내려주었더니 입을 옷이 없어 불행하다고 한다. 입을 옷을 주었더니 앉을 의자가 없어 불행하다고 한다. 앉을 의자를 주었더니 누울 침대가 없어 불행하다고 한다. 누울 침대를 주었더니 침대를 놓을 큰 집이 없어 불행하다고 한다. 큰 집을 주었더니 차가 없어 불행하다고 한다. 차를 주었더니 가장 빠른 차가 아니라 불행하다고 한다. 스포츠카를 주었더니 하늘을 날지 못해 불행하다고 한다. 마음껏 날 수 있게 날개를 주었더니 당신과 같은 신이 될 수 없어 불행하다고 한다.

가지지 못해서 만족하지 못하는 것이 아니라
만족하지 못해서 만족하지 못하는 것이다.

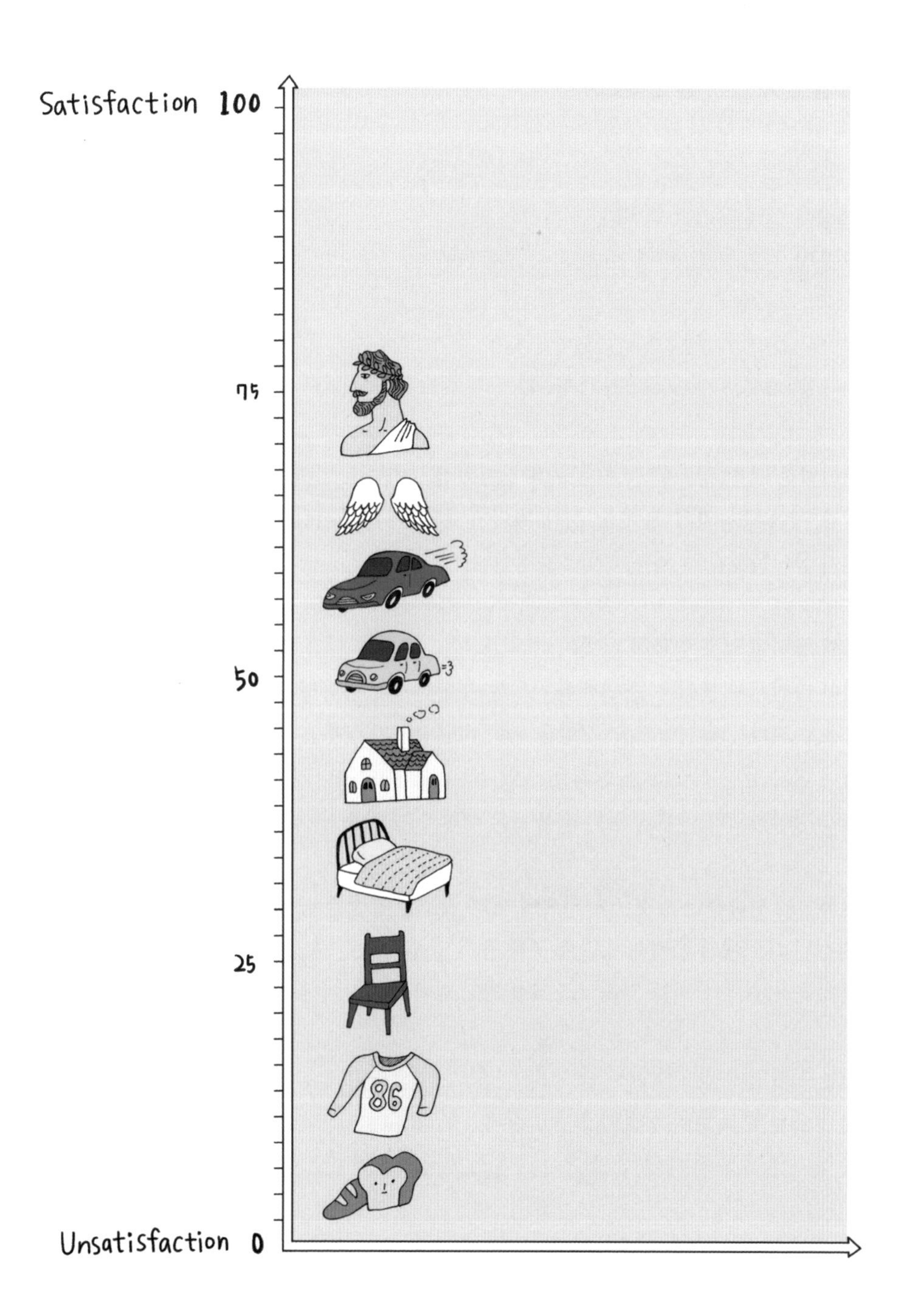
Satisfaction 100
75
50
25
Unsatisfaction 0
86

# 힐링 말고 사과가 필요할 때

이 세상에 힐링은 차고 넘친다.
힐링 음악, 힐링 카페, 힐링 스파, 힐링 부동산까지.

상처받아 힐링이 필요한 사람들은 많은데
상처를 준 자들은 모두 어디로 갔는가?

아이러니한 것은, 상처를 준 사람조차 힐링이 필요하다고 말하는 것이다.
범죄자, 학폭 주동자와 그 부모, 사내 왕따 주동자, 괴롭힌 사람마저
자신이 상처받았다고, 피해자라고 주장한다.

자신의 상처에 너무 집중한 나머지
자신이 타인에게 상처를 준 명백한 사실은 부정하거나 망각하곤 한다.
잘못을 회피하는 비겁함과, 거짓말을 하는 비열함까지 갖추곤 한다.
그러나 내가 상대에게 더 큰 상처를 주었다는 것을 깨닫는다면
상대가 방어하느라 나에게 입힌 작은 스크래치가 덜 아플 수 있다.

인격적으로 성숙하다는 것은 나의 미숙함과 잘못을 인정할 줄 아는 것이다.
나 자신과 타인에게 솔직해지고, 잘못을 용기 있게 마주하는 것이다.
상처를 준 사람을 살피는 것이 스스로에게도 힐링의 시작이 될 수 있다.

덮어놓고 힐링이 필요할 때도 있지만
나의 잘못된 말과 행동을 돌아보는 성찰과
내가 상처를 준 이에 대한 진정 어린 사과가 먼저 필요할 때도 있다.

우리도 힐링이
필요해ㅋㅋ

영차 영차 서둘러!

흑과 백은 차이점만 있는 것이 아니다.
무채색이라는 공통점도 있다.

그러므로
모든 것이 달라 보이는 두 사람에게도
진정으로 통하는 면이 존재할 수 있다.

## Butter는 새로운 노랑 (모든 클래식도 최초에는 혁신이었다)

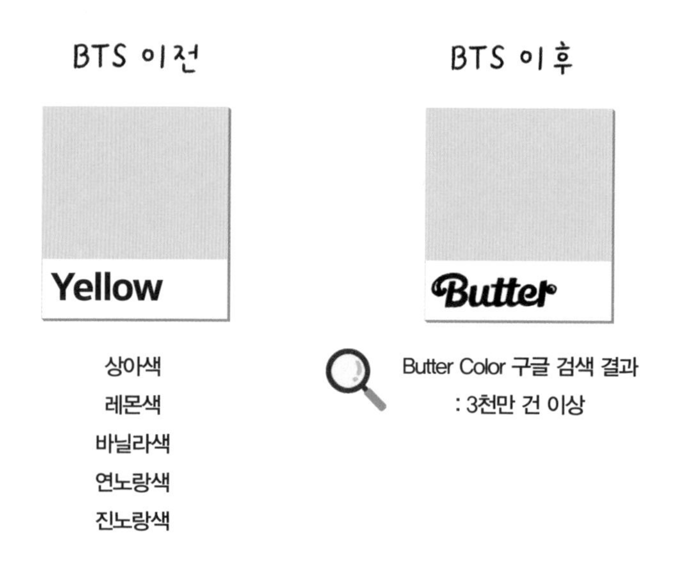


BTS의 〈버터〉•가 유행한 지 몇 년이 지났지만
버터색 여행 캐리어, 버터색 크로스백, 버터색 인테리어 페인트, 버터색 침구세트,
여전히 핫한 버터색 아이템들.
이전에 각각의 이름으로 불리던 노란 계열의 색들은
다양한 '버터색'으로 다시 명명되었고,
버터색은 블랙처럼 새롭게 클래식한 색이 되었다.

이처럼 하나의 혁신적인 사건은 여러 사람들의 인식을
어떠한 거부감이나 강제성 없이
자연스럽게 바꾸어놓고,

바뀐 인식은 시대의 새로운 규정, 그리고 정의가 된다.

그것은 다른 말로, 머릿속에서 우리가 당연하게 여겼던 대부분의 것들이
어떤 사건에 의해 변할 가능성을 내포하고 있다는 뜻이다.

태양이 지구 주위를 도는 것이 당연하다가
지구가 태양 주변을 도는 것이 당연하게 된 것처럼,
매우 견고하거나 확고해 보이는 신념까지 포함해,
인간의 머릿속에서 나온 생각의 90%는
아마 고정관념일 것이다.

변하지 않을 것 같은 '사실'은 알고 보면 '의견'이고,
'정의(定義)'는 알고 보면 바뀔 수도 있는 '약속'이다.
'고정관념'은 사실 고정되어 있지 않다.

우리의 모든 생각은
욕조 위의 버터색 러버덕•• 장난감이 출렁이듯,
유동적이다.

시대는 흐르고,
또 다른 어떤 색이 누군가로 인해
핫한 이름을 달고 등장할지 모르는 일이다.

• 그룹 방탄소년단(BTS)이 2021년 5월 발표한 노래. 미국 빌보드의 메인 싱글 차트 '핫 100'에서 10주간 1위를 차지했다. (컬러칩 속 Butter는 〈버터〉 앨범 재킷의 글씨를 모티브로 작업했다–저자 주)

•• Rubber Duck. 네덜란드 예술가 플로렌타인 호프만이 제작한 대형 풍선 조형물이다.

BTS 이후의 어떤 알파벳 순서.

A B T S C D

E F G H I J

K L M N O P

Q R U V W

X Y Z

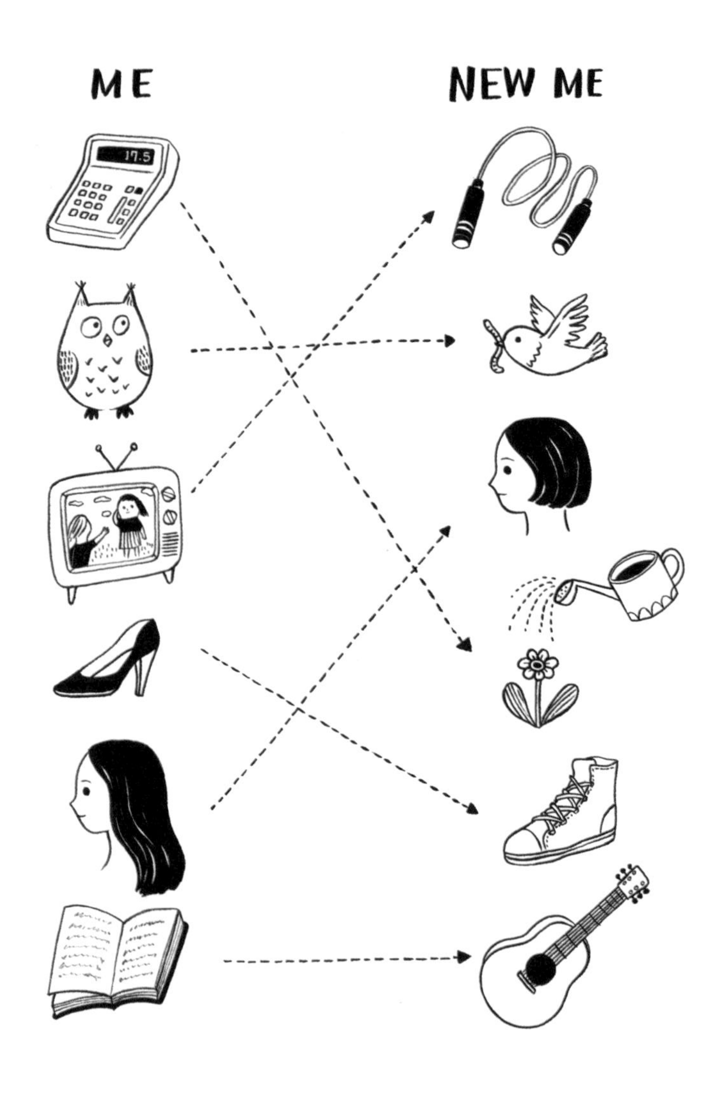
ME
NEW ME
17.5

# 반대로가 새로운 바로

당신이 올빼미족이라면
아침의 여유가 주는 신선함을 맛보기를.

산책을 좋아하는 안전 지향주의자라면
패러글라이딩이나 래프팅 같은 레포츠에 도전해보기를.

스스로를 너무 혹사시키거나 혹은 관대한 편이라면
반대로 관대해지거나 조금은 엄해져보기를.

늘 소박한 식단만 고집했다면
일류 호텔 셰프의 특선 요리로 자신을 대접해보기를.

퇴근 후 집에 오자마자 소파에 앉아 TV를 켰다면
운동복으로 갈아입고 저녁 조깅을 뛰어보기를.

킬힐만, 혹은 운동화만 고집했다면
반대로 운동화를, 또 킬힐을 시도해보기를,
그에 맞추어 다른 모습으로 스스로를 스타일링해보기를.

학교를 졸업한 이후로 무언가를 배운 적이 없다면
캘리그래피나 제빵, 바리스타 학원에 등록해보기를.

늘 같은 길로 지나는 같은 번호의 버스만 탔다면
공원을 지나가는 조금은 다른 길로 새어보기를,
또한 인생에서의 길에도 동일하게 적용해보기를.

하루에도 여러 번 당신이 선택하지 않았던,
다른 말로, 선택할 수도 있는

새로운 기회, 새로운 재미에 대해 말하고 있는 것입니다.

이것은 타인이나 상황이 아닌
오직 자기 자신만이 자신에게 줄 수 있는 기회이며,
작지만 색다른 일상을 만들 수 있는 기회입니다.
'매일이 똑같아. 뭐 재미있는 것 없나' 하면서
아무것도 바꾸지 않았던 당신,
오늘은 자신에게 새로운 기회를 선물해보세요.

적금은 깰 필요 없습니다.
비용은 많이 들지 않습니다(혹은 전혀 들지 않습니다).
거창하게 준비할 필요도 없습니다.
가볍게 마음만 먹으면 됩니다.

당신 안에 숨어 있던
낭만주의자가, 여행가가, 미식가가, 바리스타가,
패셔니스타가, 사진작가가, 시인이나 화가가,
또 하루하루 즐기고 감사하는 당신이
깨어날지도 모르는 일!

그리고 그것은
아주 반가운 다른 누군가를 만나는 것보다도
훨씬 설레고 반가운 일이 될 것입니다.

오늘,
조금은 다르게 또 반대로 해보세요.
오늘부터 그것이
당신 인생의 '새로운 바로'가 될 수 있을 테니까요.

생각이 자라나는 노트 한 권쯤 갖고 있기.

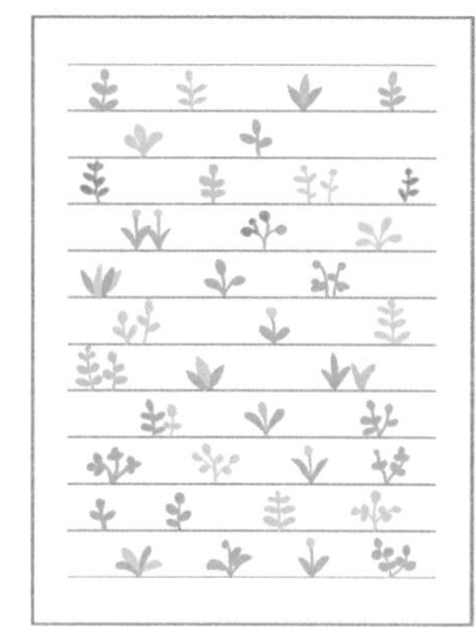

## 나쁜 상상력

새로운 놀잇거리가 아닌
새로운 걱정거리를 만드는 데
자신의 상상력을 사용한다면
당신은 어른이 된 것이다.

상상 이별, 상상 실패, 상상 질병, 상상 새드 엔딩, 상상 낙방,
상상 고통들을 멈출 것.

나를 괴롭히는 것은 대부분 현실보다 상상이다.

# 가까운 진리

아직 인간은,
암을 완치하는 수백 가지 효과적 방법과
세계 경제의 흐름을 완벽하게 예측하는 법,
UFO가 도시 상공 곳곳에 자주 출몰하는 이유,
우주 탄생에 신이 개입되었는지 아닌지의 여부에 대해서는
확실하게 밝혀내지 못했다.

그러나 이미,
인생을 아름답게 만드는 것은 사랑이라는 것과
변하지 않는 우정이 존재한다는 것,
꿈을 이루어가는 과정은 힘들지만
살아 있는 기분을 느끼게 한다는 것,
넘어졌다 다시 일어났을 때 그만큼 더 강해진다는 것,
넘어진 누군가를 일으켜주는 것이 함께 살아가는 방법이라는 것,
한 끼의 맛있는 식사나 한 곡의 낭만적 음악과 같은 작은 변화가
즐거움을 만들 수 있다는 사실에 대해 잘 알고 있다.

인류 삶에 획기적인 변화를 가져다줄 수천 가지의 진실은
아직도 저 너머에 있지만,
인생에 있어 중요한 몇 가지의 진리들은 언제나 가까이에 있다.

그리고 그 몇 가지 진리만으로 우리는,
지구별에 머물러 있는 동안
충분히 행복해질 수 있다.

## 크리에이터의 비결

아름다운 사진을 찍는 비결은
카메라에 찍힌 수많은 사진 중
가장 조화롭고 아름다운 사진을 고르는 것에 있다.

아름다운 곡을 쓰는 비결은
피아노의 수많은 음들 중 그 자리에 들어갈
가장 새롭고 아름다운 음을 골라내는 데 있다.

아름다운 글씨를 쓰는 비결은
휘어진 획의 여러 각도 중
가장 균형 잡히고 아름다운 각도를 발견하는 데 있으며,

아름다운 연출을 하는 비결은
여러 번의 테이크(take) 중
가장 독특하고 아름답게 찍힌 장면을 찾아내 편집하는 것에 있다.

아름다운 스타일링, 메이크업, 아름다운 플레이팅과 건축,
이 모든 것을 포함한 예술과 창조가 그러하다.

결국 누구나 감탄할 만한 것을 만들어내는 금손은 실은,
수많은 시도와 시도를 위한 노력과,
그 시도 끝에 다른 사람은 차이를 쉽게 발견하지 못할
가장 아름다운 것을 찾아내는 금 눈에서 시작된다.

먼지 쌓인 창고 안에서도
단 하나의 반짝이는 유리구슬을 발견해내는 금 눈은,
타고난 미적 감각과 무수한 노력, 내가 하는 평범하고 독특한 경험,
나를 둘러싼 사람들과 여러 가지 환경으로 인해 길러진다.

새롭고 아름다운 것을 소비하는 것을 넘어 창조하는 금손이 되고 싶다면 먼저,
실패를 따지지 않는 수많은 시도가 필요하다.
동시에 내 주변의 모든 평범한 사물과 일상들에 마음을 열어 보고, 듣고, 느끼며,
그중 마음을 끌고 영감을 주는 것들과 자주 가까이한다면,
진정으로 아름다운 것들을 발견하는 금 눈을 키워갈 수 있을 것이다.

다음 도형을 사각형으로 완성해보세요

1번 사각형:

2번 사각형:

가장 처음 머릿속에 떠오르는 사각형은 1번일 것입니다. 비어 있는 부분을 채우려는 것은 인간의 자연스러운 본능이니까요. 또한 비어 있는 것을 채우는 것이 가장 쉽고 간단한 방법이니까요. 그러나 도형을 조금 더 들여다보면, 상상력의 엔진을 돌려보면, 2번과 같은 방법이 떠오를 수 있습니다. 그 결과 더 큰 사각형이 탄생할 수 있지요.

이제 머릿속에 풍선을 떠올려보세요.
그것을 점점 키워보세요.
실제의 풍선은 어느 순간 터져버리겠지만
머릿속의 풍선은 지구보다 더 커질 수도 있습니다.
그처럼 생각을 멈추지 말고 키워보세요.
생각이 커지는 것이 상상이고
상상은 바로 가능성의 크기가 됩니다.

그 결과 비어 있는 것을 채우는 것 이상으로
우리의 혹은 모두의 인생을 변화시킬,
놀라운 무언가가 탄생할 수 있습니다.

가던 길을 멈추지 않는 것과
상상을 멈추지 않는 것의 공통점은,
나와 우리의 삶을 더 좋게 만들어준다는 것입니다.

## 시간에 대한 고정관념_시간을 바로 쓰는 법

건전지를 바꾸면 멈추지 않고 움직이는 시계,
이변이 없는 한 진리처럼 매일 뜨는 태양,
한 해가 지나면 간단히 벽에 바꾸어 거는 달력은
우리를 고정관념과 착각에 빠지게 한다.

오늘이 가면 내일이 오고,
올해가 가면 내년이 오고,
지금 이 순간이 가면 다음 순간이 오는 것이 당연하다는 착각.
간과하지 말아야 할 한 가지 사실은
내일이, 내년이, 다음 순간이 오더라도,
'나의 내일', '나의 내년', '나의 다음 순간'은,
어느 때부터 오지 않을 수 있다는 것이다.

반복되는 하루 속에 삶은 기계적으로 또한 기대대로 흘러가며,
나의 시간은 안전하고 무한하다는 착각에 쉽게 빠진다.
다음 시간이 찾아오는 것이 기적이라는 사실을 잊는다.

모래시계를 뒤집으면
모래시계는 리셋되지만,
실제의 시간은 쏟아진 모래처럼 사라진다.

그러므로 내가 원치 않는 어떤 일과 감정,
게으름, 자책, 후회, 분노, 감정 낭비를 불러일으키는 일과 사람에
나의 시간을 되도록 빼앗겨서는 안 된다.
골목에서 마주친 미친개에게 눈길을 주어서는 안 된다.

나아가 시간을 어떻게 써야 할지 막막하다면,

돌고 돌아…

또 왔지롱

8월 다음 9월,
9월 다음 10월,
10월 다음 11월…
내년, 내후년…

시간이 무한하다는 착각에 빠지게 하는 것들

고정관념 속 시간

실제의 시간

돈을 쓰는 것을 떠올리면 된다.

아이러니하게도,
돈은 현명하게 쓰지만 시간은 그렇지 않을 때가 많다.
가끔 충동적으로 쓰기는 하지만,
돈으로 우리는 꼭 필요한 것, 나를 기쁘게 하는 것들을 산다.
아껴 쓰고 계획적으로 쓰기 위해 노력한다.
그것과 마찬가지로,
생각만으로 기분 좋아지는 것들, 나를 충만하게 하는 것들로
다시는 돌아오지 않을 지금 이 시간을 채워보기를.

나의 몸과 마음이 원하는 일과 사람과 풍경들,
아름답고 즐겁고, 천진난만하고 순수한 것들,
그런 마음을 가진 사람들과의 만남.
하루하루 변화하는 내 모습에 보람을 느끼게 하는 어떤 일들,
규칙적인 운동, 매일의 뿌듯한 책무, 새로운 것을 배워가는 기쁨을 주는 취미,
작고도 좋은 습관이나 작은 일탈, 자연에 가까운 것들의 아름다움과 함께하며
내가 원하는 더 나은 내 모습, 내 본래의 순수한 모습을 찾아가자.
최대한 그렇게 지금 주어진 소중한 시간을 보내자.

내 마음에 들게 보낸 시간은,
내 마음에 드는 나를 만든다.

삶은 유한하고,
그것이 우리가 지금 순간을
무한히 누려야 하는 이유이다.

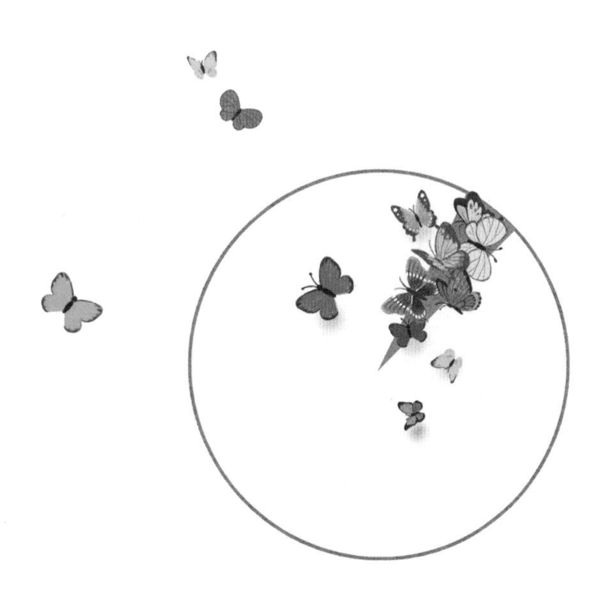

FIRST CLASS

내 심장 아래 1cm 지점에서 일어나는 일

| TIME | GATE | NEXT |
|---|---|---|
| NOW | 3 | LOVING |

사람들은 내가 생각하는 것보다
나에 대해 꿰뚫고 있으며,

사람들은 내가 생각하는 것보다
나에 대해 관심이 없다.

그래서 우리는
남을 속이려 들면 안 되며,
그래서 우리는
남으로부터 자유로워져도 된다.

WATCHING
YOU

ZZZ
WATCHING
YOU

## 나와 그 사람의 성난 강아지 혹은 와이프와의 문제

나와 그 사람만의 문제는 어쩌면
나와 그 사람만의 문제가 아닌
나와 그 사람의 낫지 않는 아토피나, 땅콩 알레르기나, 성장기 어느 시점의 트라우마나, 직장에서의 위태로운 위치나, 와이프와의 관계나, 어젯밤 읽은 《화냄의 미학》이라는 제목의 책이나, 말하기 부끄러운 콤플렉스나, 심지어 그 집 강아지나, 혹은 내가 알 수도 없는 무수한 부분들에 관한 문제일 수도 있다.

따라서
어제 내게 했던 그 사람의 행동이나 어떤 말이
도저히 이해되지 않는다면
그것 또한 지극히 정상적인 것.
그 사람과의 문제가 반드시
나와의 문제, 내가 알 수 있는 문제는 아닐 수 있다.

그러므로 누군가의 행동이나 말에 너무 속상해할 필요 없으며,
속상하지만 아무것도 할 수 없을 때에는
내가 모르는 그 사람의 문제이자, 그 행동의 다른 원인
—땅콩 알레르기나 불어난 대출 이자나 와이프의 잔소리—을 상상하라.

기분이 조금 나아질 수 있다. :)

그 사랑이 나에게 화낸 이유
=
or
or
화냄의 미학
89
or
om~

# 서툴러도 괜찮아

《1cm》 제1권 '슈퍼모델'님의 카메오 출연, 감사드립니다.

완벽한 당신에게는
경외를 느끼지만
서툰 당신에게는
호감을 느낍니다
글씨_여덟 살 혜원이
느낌
좋습니다!

## 남을 살피는 대신 달리기

끊임없이 타인의 일거수일투족을 관찰하는 사람은,
자기 자신을 충분히 사랑하지 않는 사람일 확률이 높다.
열등감이 높아지면 자존감은 낮아지고,
시시콜콜한 작은 면까지 타인과 자신을 비교하기 때문이다.

내가 더 잘났다 증명하려 애쓰고,
잘나지 못한 어떤 면은 혹여 들킬까 불안하다.
나의 좋은 것은 남과 좀처럼 나누지 않고
다른 이의 나쁜 일은 까마귀처럼 소리 내어 퍼뜨린다.

그러나 인생이라는 레이스에서 중요한 것은
남과의 싸움이 아니라, 나와의 싸움.
시기와 질투에 바쁘고 권모술수를 쓰는 사람은
자신과의 싸움에 집중할 수 없다.
더군다나 사람들은 이런 행동을 쉽게 눈치챈다.
아무리 빠른 곁눈질도, 약삭빠른 머리 굴림도
한순간 들키게 마련.
그것은 이미 관계에서의 실패가 된다.

그러니 이기기 위해서가 아닌, 행복해지기 위해
더 이상 남을 관찰하고 나와 비교하기를 그만두고,
온전히 나 자신에게 집중하고,
존중하고, 사랑하자.
다른 사람을 살피고 훑는 눈이 티가 나듯,
자신에게 집중하고 사랑받는 자아는 티가 난다.

또한 자기 자신을 사랑함으로써 우리는 비로소
다른 사람을 진정으로 사랑할 강한 힘과 여유를 얻는다.

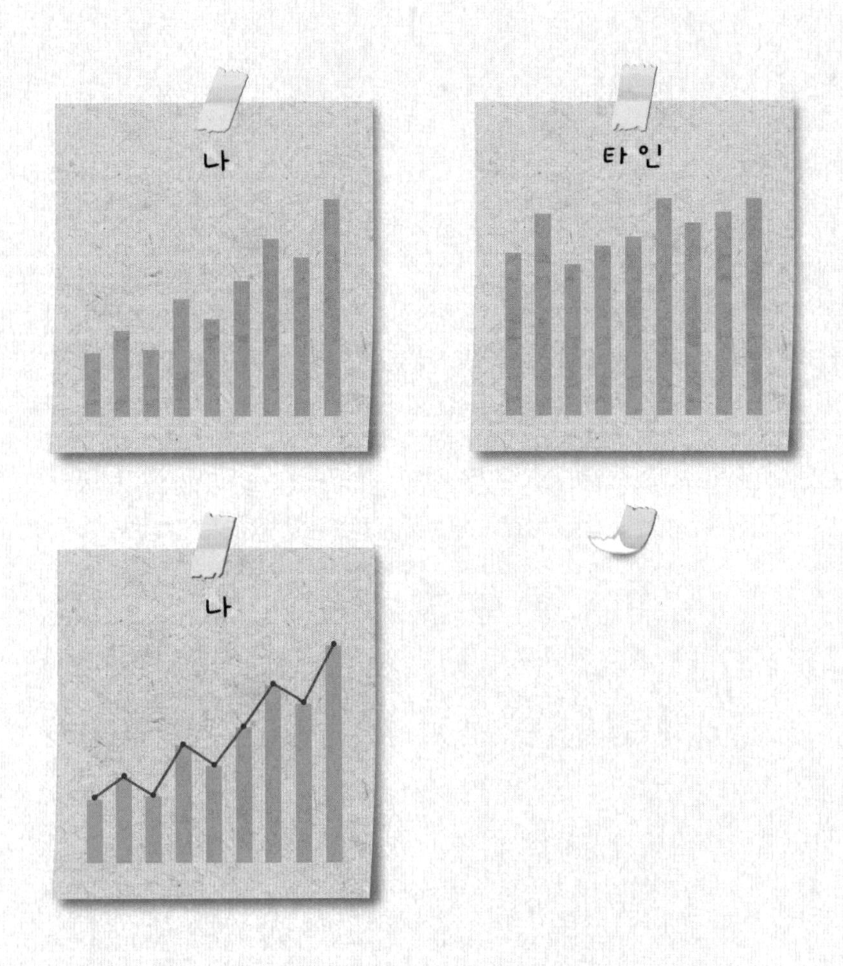


남과 비교하지 않을 때 나의 성장 곡선이 보인다

마음에게 읽어주세요.

사과는 바로바로
축하는 빠르게
안부는 늦지 않게
은혜는 늦게라도
오해는 천천히
복수는 죽음보다 천천히
그리고 사랑은
죽어서도

# 참을 수 있는 상처의 가벼움

당신의 인생에서 중요하지 않은 사람에게 상처받는 것을 멈추어라.
대신 인생에서 중요한 사람에게 사랑받고 있다는 것을 기억하라.

얼굴만 아는 직장 동료가 당신에 관해 험담했을지라도,
당신을 속속들이 아는 오랜 친구가 지지하고 있다.

누군가 당신을 밀치고 사과 없이 지나갔을지라도,
당신을 따뜻하게 당겨 안아주는 가족이 있다.

처음 보는 사람이 불친절로 응대할지라도
언제나 곁에서 당신의 기분을 배려하는 연인이 있고,

경쟁자나 다른 누군가가
당신의 능력을 시기하거나 평가하고 기를 꺾을지라도,
당신을 판단하지 않고 있는 모습 그대로
믿고 사랑해주는 가까운 사람들이 있다.

당신을 잘 알고 있는 중요한 사람들이 주는 사랑과
당신을 잘 알지도 못하는 중요하지 않은 사람들이 주는 상처는
결코 같은 무게일 수 없다.

그러니
상처는 깃털처럼 날리고
가슴에, 사랑만을 남겨라.

## 세상 위로 떠오르는 방법

세상을 발밑에 두고 싶다면,
밟고 높이 올라가는 방법도 있지만
자신이 한없이 가벼워지는 방법도 있다.

첫 번째 방법은 남과의 싸움으로 이뤄내야 하지만
두 번째 방법은 자기 자신의 수양으로 이뤄낼 수 있다.

# ‘강강약약•’의 아름다움 ‘강약약강’의 한계점

1.
강한 사람을 만드는 것은
강한 어조,
불같은 카리스마,
한 치의 오차를 허용하지 않는 단호함,
다른 사람의 행동을 통제하고
내 의견을 관철시키는 추진력.

아니다.
강한 사람을 만드는 것은 부드러운 것들이다.

부드러운 어조,
힘든 상황에서의 여유,
상대를 구분하지 않는 몸에 밴 배려,
다른 사람의 잘못을 용서하는 관용과
잘못된 결과를 책임질 줄 아는 리더십,
누군가의 말에 귀 기울이고
결실을 함께 나누는 마음.

부드러운 흙이 쌓이고 다져져
오래되고 단단한 지층을 만들듯
부드러운 것들이 내면에 쌓이고 쌓여
진짜 단단하고 강한 사람을 만든다.

강한 척하는 자에게 사람들은 심리적 안전거리를 두지만,
진짜 강한 자에게는 사람들이 거리낌 없이 다가간다.

**2.**
가장 약한 자에게 보이는 행동이 그 사람의 본성이자, 인성이다.

강자와 약자를 다른 태도로 대하는 비열한 사람이
자주 저지르는 실수는
정말 강한 자와 약한 자를 제대로 구분하지 못한다는 것이다.

그로 인해 스스로를 종종
곤란한 상황에 처하게 만든다.

• 강자에게는 강하고 약자에게는 약함을 이르는 신조어. 그 반대말은 강약약강.

## About Me

'오늘의 운세'보다 오늘을 더 잘 맞히는 것은
당신의 어제.

사주 풀이보다 미래를 더 잘 예측하는 건
당신이 갖고 있는 꿈.

별자리보다 당신을 더 잘 말해주는 것은
혼자 있을 때의 당신.

당신의 어제와
당신이 가진 꿈과
고독을 즐기는 방법이,
생년월일에 따른 통계적 확률과
몇억 광년 떨어져 있는 별의 배열보다
당신과 당신의 오늘, 또 내일에 대해 더 잘 말해줍니다.

다만 당신은 지금
심심하거나 위로받고 싶거나 걱정이 많군요.

그래서 '오늘의 운세'의, 사주 풀이의, 별자리의 희망적인 말들과
누가 봐도 내 얘기처럼 보이는 말들에 기대는 거군요.

그것으로 조금이나마 힘을 얻는다면, 기분이 좋아진다면,
어깨가 가벼워진다면, 그래도 됩니다.
하지만 이것 한 가지는 잊지 마세요.
막연히 좋은 글귀에는 적혀 있지 않은, 당신이 원하는 길과
그 길로 향하는 방법들 또한
당신 스스로 찾게 되리라는 것.

결국 당신이 당신을
가장 잘 안다는 것을요.

저 이제
내릴게요
STOP

## 행복과 불행 가계도_내가 이름 붙인 감정들

머릿속에서 불행의 감정들과 행복의 감정들은 명확히 분리되어 있다.
그러나 현실의 마음속에서 그 둘은 분리되지 않은 채 입체적으로 존재한다.

행복의 한편에 불안이 숨어 있기도,
불안이 열정의 원동력이 되기도,
열정이 좌절에 부딪히기도 한다.

그러므로 강박적으로 불행의 감정을 피하려 하거나,
행복의 감정만을 좇을 필요 없다.
불행하기만 하거나 행복하기만 한 삶은 존재하지 않는다.
행복의 비중이 조금 더 높다면 그것으로도 충분하고,
불행하기만 한 날들이 결코 지속되지는 않기에
두려움과 절망을 더 많이 덜어내도 된다.

또한 의도치 않게 그리고 예상치 못한 순간
마음에 솟은 그 감정과 기분들을 어떻게 활용하느냐,
어떤 재료로 사용하느냐에 따라
내가 원하는 대로 인생의 모양을 만들어갈 수 있으며,
어떤 감정은 활활 솟았다 저절로 사그라지므로
성급한 말이나 행동을 멈추고
모닥불처럼 바라보기만 해도 된다.

중요한 것은, 어떤 상황에서도
감정을 고르고 느끼는 주인은 감정이 아닌,

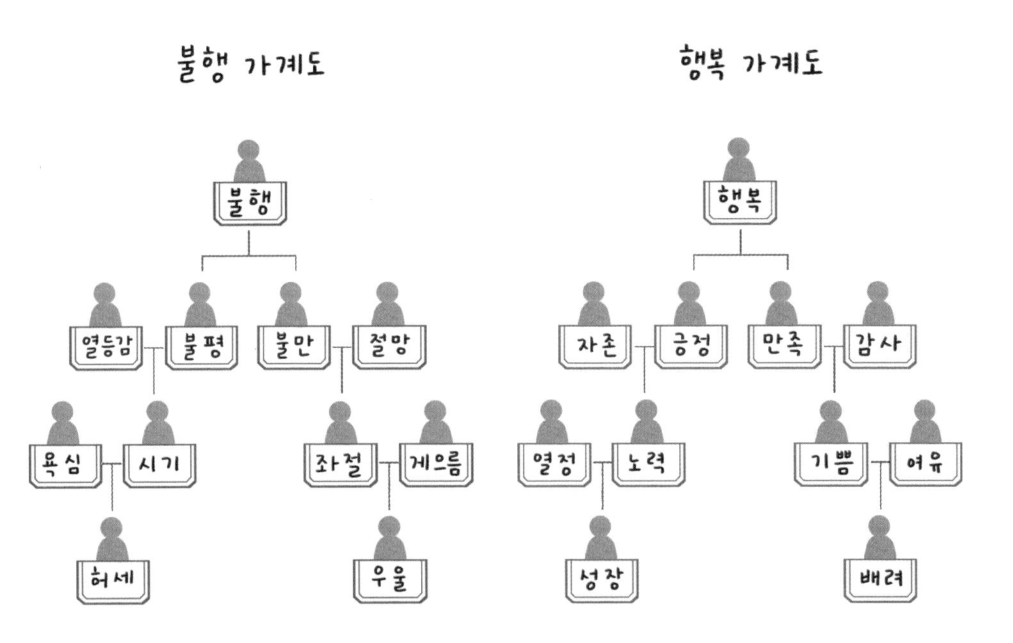
불행 가계도
불행
열등감
불평
불만
절망
욕심
시기
좌절
게으름
허세
우울
행복 가계도
행복
자존
긍정
만족
감사
열정
노력
기쁨
여유
성장
배려

나 자신이라는 것을 기억하는 것이다.

인생의 어느 힘든 시기,
나도 모르게 습관처럼 자주,
행복의 감정은 그냥 지나치고,
불행의 감정에 자꾸만 집착할 때 떠올리자.

나는 스스로 고르고 이름 붙인 지금의 감정을 느끼며
살아가는 존재라는 것을.

## 현실의 마음속

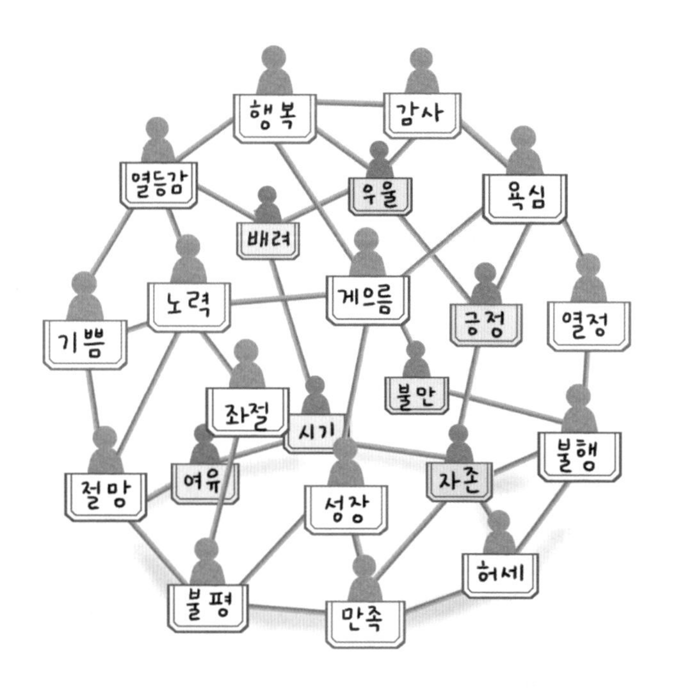

# 이티(E.T.)의 정체

당신이 오늘 상처받은 이유는

**모든 택시 운전사는 친절할 것이다,**

**친구는 바빠도 내 고민에 귀 기울일 것이다,**

**이웃집 강아지는 나를 물지 않을 것이다,**

**내가 인사하면 그 사람도 답을 해줄 것이다,**

**소문난 맛집의 음식은 맛있을 것이다,**

**카톡의 답장은 바로바로 올 것이다,**

**힘들게 한 사과는 받아들여질 것이다,**

라는 전제 때문이며,
이것은 위태로운 전제다.

나의 상식은
누군가의 방식과 다를 수도 있고,

기대했던 사람은
기대를 저버릴 수도 있다.

내가 아는 세상은
내가 모르던 세상일 수도 있으며,

이티는,
지구인의 친구가 아닐 수도 있다.

일일이 상처받고 살기엔
세상은 넓고
사람은 다양하고,
할 일은 많다.

마음에도 저울이 있어
가끔씩 우리는
그 눈금이 가리키는 무게를 체크해보아야 합니다.

열정이 무거워져 욕심을 가리키는지,
사랑이 무거워져 집착을 가리키는지,
자신감이 무거워져 자만을 가리키는지,
여유로움이 무거워져 게으름을 가리키는지,
자기 위안이 무거워져 변명을 가리키는지,
슬픔이 무거워져 우울을 가리키는지,
주관이 무거워져 독선을 가리키는지,
두려움이 무거워져 포기를 가리키는지.

마음이 조금 무거워졌다고 느낄 땐
저울을 한번 들여다보세요.

마음에도 다이어트가 필요합니다.

## 수금지화목토천해-----------명

명왕성이 태양계에서 퇴출• 되었을 때
많은 사람들이 놀라고 서운해했지만
정작 명왕성이 입은 타격감은 0이다.

때로는 나와 별 상관 없는 사람들이
나에 관해 왈가왈부할 때
명왕성으로부터 어떤 태도를 갖추어야 할지를 배울 수 있다.

• 2006년 8월, 국제천문연맹(IAU)에서 명왕성은 행성이 아니라고 발표했고 미국은 이 결정에 대해 심하게 반대했다. 명왕성은 미국인(천문학자 클라이드 톰보)이 발견한 유일한 행성이었기 때문이다. 그러나 명왕성은 크기가 달의 3분의 2밖에 되지 않으며, 다른 행성들과 달리 타원 모양으로 공전하는 등의 이유로 태양계의 행성 자격을 잃어버렸고 새로운 천체 부류인 '플루토이드(Plutoid)'로 분류되었다. 그리고 명왕성은 이 사실에 대해 아무런 상관을 하지 않는다.

'명왕성의 태양계 퇴출' 이전의 우주

'명왕성의 태양계 퇴출' 이후의 우주

## 외로운 질문

살다 보면 외로운 질문들이 생긴다.
외로운 질문은
누구에게 물어볼 수도 없는 질문,
혹은 물어볼 수는 있지만
오직 자기 자신만이 대답해야 하는 질문,
그래서 우주에 나 혼자뿐인 것처럼 느껴지는 질문이다.

나는 이 남자를 사랑하는 걸까?
10년 후에도 과연 이 일을 하고 싶을까?
두 개의 갈림길에서 어떤 선택을 해야만 할까?
지금 삶이 가리키는 방향이 맞는 것일까?
하루하루 행복하지 않은 이유는 뭘까?

외로운 질문 때문에
고민하고
잠 못 이루고,
식욕을 잃고
예민해진다.

그러나
그것이 다가 아니다.

외로운 질문 때문에
답을 구하고
꿈을 이루고,
자신을 찾으며
더 단단해진다.

외로운 질문을 회피하지 않고
스스로에게 묻고 있다는 것은,
인생의 답을 아는 척 틀린 길로 가지 않고
원하는 답을 향해 나아가고 있다는 뜻.

등대는 외롭다.
그러나 길을 보여준다.

외로운 질문도 그러하다.

# 마음의 커튼

누구에게나 마음의 커튼이 있다.

그 커튼은 장시간의 TV 시청이 될 수도 있고
꼬리에 꼬리를 잇는 인터넷 쇼핑,
달콤한 케이크나 라면 등 군것질하기,
게임에 빠지기 등 다양하다.

마음의 커튼 치기는
겉으로 보기엔 취미와 비슷하다.
그러나 취미가 즐거움을 찾기 위한 목적이라면
마음의 커튼 치기는 괴로움을 잊기 위한 목적이 주가 되며
생산적이기보다 소모적인 활동들이 많다.
복잡한 사고나 단계를 거치기보다는
TV 리모컨을 누르듯 쉽게 시작할 수 있는 것들이다.
말 그대로 커튼을 치듯 쉽고 간단하다.

커튼을 치고 나면 마음 한구석에 있던
불편한 고민들과 해결되어야 할 과제들은
일순간 가려져 마치 그것으로부터 벗어난 것처럼 느껴진다.
그러나 시간이 흐르다 보면 그 문제들을 마주할 수 있는
용기는 점점 줄어들고 불안은 점점 커진다.

한 가지, 마음의 커튼에는 좋은 점도 있다.
문제에서 잠깐 동안 떨어져 있는 시간을 벌어주기에
조금 더 침착하고 이성적으로
문제를 재조명할 수 있게 만들어준다.

그러나 그것은 잠시면 충분하다.
결국엔 용기 있게 커튼을 걷어낼 수 있어야 하는 것이다.

혹시 지금 내가 의미 없는 행동들에 지속적으로 집중하고 있다면
그것이 무의식적인 마음의 커튼 치기는 아닐까,

그 너머에 해결되어야 할 불편하거나 우울한 감정들이
자리 잡고 있지는 않을까, 의심해보라.

정말 그렇다면
용기를 내어 마음의 커튼을 걷고
나를 힘들게 하는 것이 무엇인지 직시할 필요가 있다.

마음의 커튼을 걷고
햇볕이 들게 하자.
웅크렸던 몸과 마음을 움직여
구석구석 대청소를 시작하자.

대청소는 힘들고 성가시지만,
먼지 같은 걱정거리와
오래된 물건 같은 고민거리를
깨끗하게 분리수거하고 떨어내고 나면,
굳이 커튼을 치지 않아도 되는
햇볕 가득하고 안락한 마음의 집이 완성된다.

그러고 나면 곧
아늑하고 편안한 힘이 샘솟는 그 공간에서
인터넷 쇼핑이나 게임,
TV 시청이나 군것질하기보다
더 뜻깊고 가치 있는 일들이
벌어질 것이다.

# 바오밥나무를 심지 말 것

타인을 향한 미움의 뿌리는
자신의 가슴속에 내리는 법이다.

결국 삭막하고 메말라지는 것은
미워하는 대상이 아닌
미워하는 자신의 마음 밭이다.

LET YOUR HEART
BREATHE

## 아날로그 Me

이미지메이킹 말고

나 자신을 보여주기.

다이어트 말고

좋아하는 요리 맛보기.

성형수술 말고

스스로를 사랑하기.

스펙 쌓기 말고

평생 기억될 추억 쌓기.

보여지는 나를 위해서만 살아왔다면,

있는 그대로의 나로 살아가보기.

아름다운 나이를 즐기는

아름다운 방법.

# 긍정 이론

**1.**

좋은 일을 기대하다가 좋은 일을 겪을 때
좋은 일을 기대하다가 나쁜 일을 겪을 때

**2.**

나쁜 일을 예상하다가 좋은 일을 겪을 때
나쁜 일을 예상하다가 나쁜 일을 겪을 때

이 중 기분이 좋아지는 구간은?
1번의 경우는 총 세 개의 구간,
2번의 경우는 단 한 개의 구간뿐이다.

긍정은
'하면 좋은 것'이 아닌
'상식'.

좋은 일을 기대하다가 나쁜 일을 겪을 때 느낄
실망이 두려워서,
나쁜 일을 예상하다가 나쁜 일을 겪으면
실망도 적을 것이라는 이유로,

좋은 일을 기대할 때의 설렘과 즐거움을
놓치고 있지는 않을까?

# 슬픈 하루를 구성하는 것들 + 《1cm art》 수록글

슬픈 하루를 구성하는 것들.
예를 들어 실연 6일째 주말.

**08:00** 기상

**08:00~10:20** 깊은 슬픔

**10:20~10:25** 강아지의 애교로 잠깐 웃음

**10:25~10:40** 깊은 슬픔

**10:40~11:00** 친구와 브런치를 위한 메이크업 및 준비

**11:00~11:40** 약속 장소로 가는 버스 안에서의 슬픔

**11:40~11:50** 쇼윈도에 걸린, 눈에 띄는 예쁜 옷들

**11:50~14:30** 친구들과 수다. 잊을 만하면 찾아오는 슬픔

**14:30~15:10** 돌아오는 버스 안에서 왈칵 눈물

**15:10~15:15** 우연히 버스 차창에 비친 내 얼굴이 슬프지만 예뻐 보임

**15:15~15:40** 장 보러 갔던 엄마가 사 온 치느님과의 황홀한 조우

**15:40~18:00** 배부르지만 슬픔

**18:00~19:30** 주말 예능 프로그램 시청. 피식 새어 나오는 웃음

**19:30~20:30** 슬픈 저녁 식사

**20:30~21:00** 강아지와 저녁 산책. 일찍 뜬 별과 시원한 바람이 주는 상쾌함

**21:00~23:00** 괜히 들춰 본 그의 사진을 보며 다시 슬픔

**23:00~00:00** '절친'과의 전화 수다와 좋아하는 음악으로 받는 위로

**00:00~01:30** 침대에 누웠지만 슬픔으로 내내 뒤척임

**01:30~02:00** (렘수면) 슬프지 않은 꿈

**02:00~07:30** 깊고 편안한 잠

슬픈 하루에는 슬프지 않은 순간도 있다.

짧지만 그런 순간들 때문에
슬픔을 이겨낼 힘을 얻는다.
결국, 이겨낸다.

## 증오에서 벗어나는 법

나를 괴롭히는 사람에게도
그를 괴롭히는 무언가가 있다.
(어쩌면 당신이 당하고 있는 괴로움 그 이상일 수도 있다.)

그러니 혼자만 억울해할 필요 없다.

To. Me

당신이 사람들에게 위로받는 건
지금의 눈물 때문이 아니라
지금까지 나눈 웃음 때문일지 모릅니다.

힘들 때 결국 힘이 되는 것은
당신이 살아온 모습입니다.

From. Me

어제의 내가 오늘의 나를 안는다

# 이건 비밀인데 (비밀에 관한 짧은 고찰)

1.
우리는
인터넷 쇼핑몰의 로그인 비밀번호를 설정할 때는
알파벳과 아라비아 숫자의 복잡한 조합으로 개인 정보를 철저히 보호하면서,
제3자가 알아서는 안 되는 비밀을 다룰 때에는
“이건 비밀인데”라는 뻔한 두 단어의 조합으로
비밀 유출의 모든 리스크를 차단했다고 착각 혹은
자만하곤 한다.

그 결과, 종종
“비밀인데”라고 말을 뱉은 후 얼마 지나지 않아
비밀은 ‘비밀’의 자격을 잃어버리고
단지 서두가 “비밀인데”로 시작하는
입소문이 되곤 한다.

2.
출생의 비밀을 소재로 한 16부작 미니 시리즈에서
극을 이끌어가는 아슬아슬한 이 비밀은
결말에 가서야 밝혀지곤 한다.
그러나 현실에서는 비밀이 탄로 나는 데
16부의 긴 시간까지 필요치 않은 경우가 많다.

그 이유는
인간은 누군가와 비밀을 공유하고 싶은 욕구를 지닌
사회적 동물이기 때문에,
동시에 내가 비밀을 공유하고자 하는 이 사람은
나와 같은 종족이 아닐 거라는
터무니없는 믿음을 갖고 있기 때문이다.

3.
비밀은 두 사람 간의 약속이다.
하지만 우리가 너무도 쉽게 간과하고 있는 것은,
비밀이 지켜지거나 혹은 드러나는 것이
신뢰에 관한 문제라기보다
기억력의 문제 혹은 조심성의 문제라는 것이다.

제아무리 굳게 비밀을 지킬 만한
믿음직한 인성을 갖춘 자일지라도
완벽한 기억력은 갖추지 못할 수 있는 법.
비밀의 '내용'은 기억하는 대신
비밀을 영원히 봉인할 수 있는
"비밀이야"라는 단어를
기억하지 못할 경우의 수는 존재한다.

그러므로
당신이 감추려는 비밀이,
"내 오른쪽 엉덩이에는 지름 3cm의 점이 있어"라는
웃고 말 해프닝 정도로는 끝나지 않을,
당신 자신이나 혹은 누군가에게
치명적인 상처를 남길 종류의 것이라면

비밀을 털어놓는 상대방이 믿음직한가 아닌가를 떠나
자기 자신에게 먼저 물어보라.

**비밀을 말하고 싶은 욕구 〉 비밀이 탄로 났을 때의 리스크**
인지 아닌지를.

그 결과,
리스크를 감수하고도 욕구를 채우고 싶다는 결론이
내려졌을 때에는
비밀을 공유해도 좋다.
그럴 경우, 앞의 1번으로 다시 돌아가
"비밀인데"라고 말을 뱉은 후 얼마 지나지 않아
그 비밀은 '비밀'의 자격을 잃어버리고
단지 서두가 "비밀인데"로 시작하는
입소문이 될지 모른다.

비밀인데…
내 눈은
아주 청순해…

## 세상이 나로 인해 좋아진다 + 《1cm 오리진》 수록글

1년이 365일로 나눠져 있는 것은
365번의 기회를 주기 위해서다.
태양이 매일 떠오르는 것은
매일 새 힘을 북돋우기 위해서다.

무언가 할 수 있다는 생각이 든다면
그 생각을 믿어라.
그리고 365번의 기회와
매일 주어지는 새 힘을 활용하라.
생각을 믿고, 그 생각대로 움직인다면,
결국 자신뿐 아니라 세상을 움직일 수 있을 것이다.

세상을 위해 무언가 할 수 있다고 믿는 것.
나로 인해 세상이 나아짐을 보는 것은
인생에서 가장 값진 일이다.

자신의 재능, 자신의 성향, 자신의 상황.
이 모든 것에는 이유가 있다.
그 이유를 찾아내고
그 이유를 염두에 두며
그 이유대로 움직여라.

신은
아무런 이유 없이
당신을 세상에 내놓을 정도로
한가하지 못하다.

신은
아무런 이유 없이
당신을 세상에 내놓을 정도로
한가하지 못하다

FIRST CLASS

# Me ----→ LOVING

서로에게 1cm 더 가까이

| TIME | GATE | NEXT |
| --- | --- | --- |
| NOW | 4 | RELAXING |

# 추억에서 감정을 빼면

기억이 된다.

사랑이라는 동물은
네 개의 다리, 두 개의 머리,
그리고 한 개의 마음을 가졌다.

## 두 사람이 할 수 있는 가장 아름다운 것

두 사람이 있어야 할 수 있는 것:

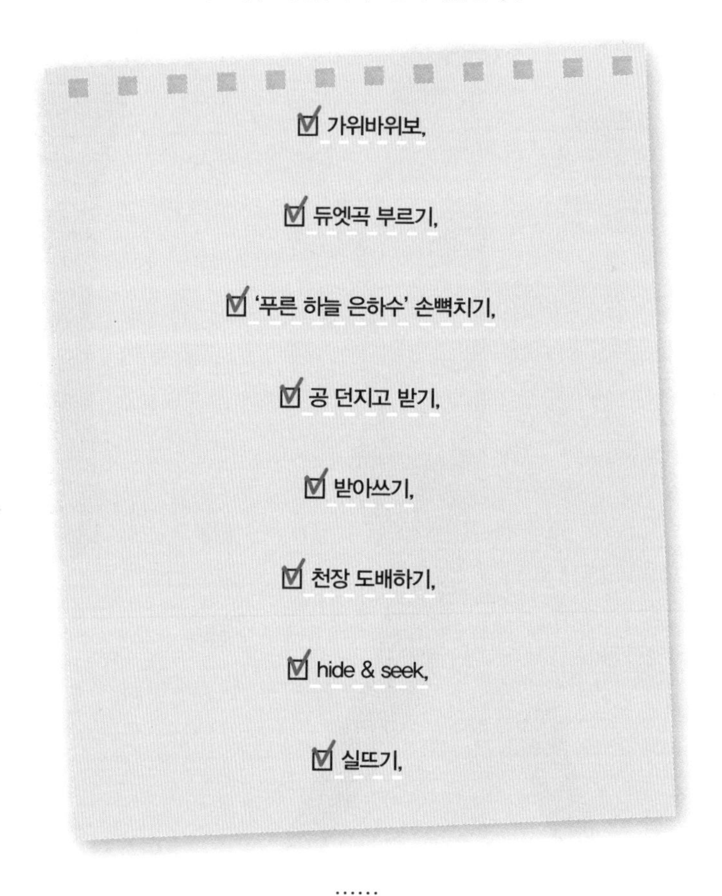


……

많지만,

두 사람이 할 수 있는 가장 아름다운 것은

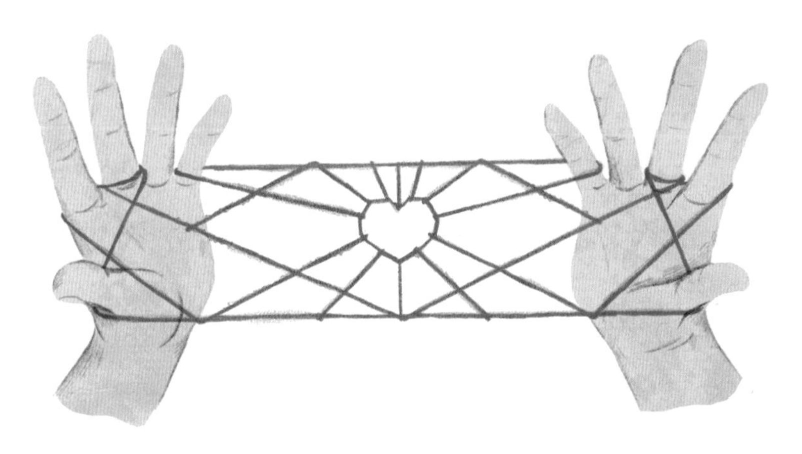

☑ 사랑.

# 발견

겨울이 싫다면
군고구마나 붕어빵 같은, 좋아하는 겨울 음식을 발견해보세요.

조깅이 싫다면
조깅할 때 들을 신나는 음악들을 발견해보세요.

채소가 싫다면
채소와 곁들여 먹으면 더 맛있는 소스를 발견해보세요.

누군가가 싫다면,
그 사람을 발견해보세요.

어떤 것이 싫은 것은
그것이 가진 숨은 매력을, 이야기를, 다른 모습을
미처 발견하지 못했기 때문일지 모릅니다.

좋았던 것이 싫어질 수 있는 것처럼,
싫었던 것도
좋아질 수 있습니다.

발견해보세요.
싫었던 것의 새로운 모습들을.

싫은 것 안에도 좋은 것이 숨어 있습니다.

SAUCE
PEANUT

군고구마 붕어빵 , 좋아하

조깅 싫다

채소 싫다

누군가가

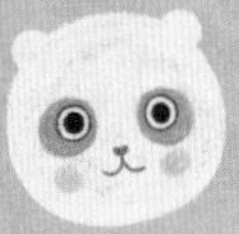

좋 다.

By GomGun

글안의 발견

# 진심 이용 금지

두려움을 이용하는 점쟁이,
허영심을 이용하는 명품 회사,
믿음을 이용하는 사기꾼보다
더 나쁜 것은

그 사람의 진심을, 좋아하는 마음을 이용하는
남자 혹은 여자다.

# Don't take advantage OF LOVE

# 3% 진실 농축액 주스

어떤 거짓에는 약간의 진실이 녹아 있다.
그 때문에 간혹 거짓 또한 진실이었음을 주장하는 경우가 있다.

예를 들어, 바람둥이의
"너를 사랑해"라는 말에는
'너를 사랑한다'는 진실과
'너만을 사랑하는 것은 아니다'라는 거짓이
공존한다.

그러나 아는가.
진실 섞인 거짓은 여전히 거짓이고
거짓 섞인 진실 또한 거짓이라는 것.

진실은 오렌지주스가 아니다.
3%의 오렌지 과즙, 아니 그 이상의 진실 함유로도
거짓은 진실이 될 수 없다.

# 아껴주세요

사랑받는 개와 고양이
학대받는 개와 고양이의 차이는 분명 있습니다.

그 차이는 한쪽이 다른 한쪽보다
더 귀엽거나 덜 귀엽거나
온순하거나 예민하거나
희귀종이거나 일반종이거나
순수 혈통이거나 교배종이거나
말귀를 잘 알아듣거나
조금 느리거나 하는
차이는 아닙니다.

어떤 사람을 가족으로 만났느냐의 차이입니다.

## 여자 기분

여자에겐
부쩍 늘어난 블랙헤드와 다크서클이
하루 종일 우울한 이유가 될 수 있다.

그러므로 그녀가 우울해해도
당신 탓이 아니니
너무 의기소침해지지 말 것.

단, 그녀가 우울해하는 것이
당신 탓일 수도 있으니
너무 마음 놓지는 말 것.

대체 어떻게 하면 되느냐고?
간단하다.
그냥 그녀를 안아줄 것.

우울한 이유가
숨기고 싶은 블랙헤드와 다크서클에 관한 것이 아닌 이상,
안아주는 당신에게 곧 털어놓게 될 테니까.

우울한 이유가
숨기고 싶은 블랙헤드와 다크서클일지라도
안아주는 당신이 있어 괜찮다고 생각하게 될 테니까.

다크서클이 심해져서
사람들이 내가
팬더인 줄 알아

걱정 마, 내가
예쁜 선글라스
줄게

## 나는 혼자

하늘이 빛나도 마음은 어둡다.
꽃이 피어도 어떤 감흥도 없다.
삶은 아무런 의미 없이 지나갔다.

살아 있기에 그냥 살아가는 하루하루.
그저 사소한 시간과 순간들.

언제부터였을까?
처음부터 난 혼자였다.

쓸쓸한 나.
잃어버린 사랑.

세상의 소리조차 들리지 않는다.
외로움, 우울, 그리고 슬픔이 익숙하다.

이제 아무도 없다.

# WHAT I NEED IS…

접어보세요

## 가 아니야

그것이 당연하다고 생각했다.
나와 상관없는 일들일 뿐.
그러던 어느 순간 달라졌다.

그 하루가 소중해졌다.
조차 그냥 넘어갈 수 없다.

아마도 너를 발견한 순간부터일 것이다.
그러나 이제는 너와 함께다.

는 이곳에 없다.
을 다시 꺼낸다. 그 사랑의 주인이 된다.

들리는 건 당신의 따뜻한 목소리.
말하는 사람은

WHAT I NEED IS ...

YOU!

THE END

# 끝난 사랑에 대한 조언

추억은 손잡이가 아니다. 붙잡지 말 것.
미련은 낙서가 아니다. 남기지 말 것.
그녀는 분실물이 아니다. 다시 찾지 말 것.

이미 돌이킬 수 없는 것임을 알고 있다면,
머리는 조금씩 잦아드는 가슴을
조용히 바라보고 있을 것.

진행 중인 사랑에서 당신은 주인공이지만
끝난 사랑에서 당신은 관객이 되어야 합니다.

**INFP:**

햇살이 따뜻한 날, 비가 와서 처지는 날, 비 온 뒤 상쾌한 날,

이유 없이 우울한 날, 왠지 기분 좋은 날,

거울 속 내가 예뻐 보이는 날, 내 모습이 자신 없는 날,

누군가를 만나고 싶은 날, 혼자 있고 싶은 날.

**ESTJ:**

야구 중계 하는 날,

야구 중계 안 하는 날,

야구 중계 한 다음 날.

# 남자에겐 어려운 문제

난이도 

"지난번에 입었던 원피스 기억나?"

난이도 

"둘 중에 뭐가 예뻐?"

난이도 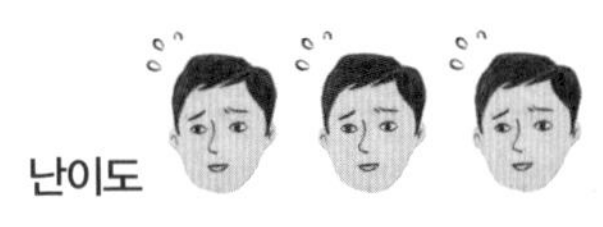

"오늘 무슨 날이게?"

난이도 

"나 뭐 달라진 거 없어?"

위와 같은 질문이 잦아질 경우
남자에게 어지럼증과 두통을 유발할 수 있습니다.

둘 중에 뭐가
예뻐?

'싸다고 사 모은 것들'
'비싸다고 사지 않은 가방'

## 쇼핑 아이러니

배송비 3천 원을 아끼기 위해 2만 원짜리 티셔츠를 추가 구매하는 아이러니.

싼 것은 깎고 깎으면서 비싼 것은 지르고 보는 아이러니.

세일할 때 구입하면 돈을 절약한 것처럼 느껴지는 아이러니.

돈을 아낀다고 명품 가방을 사지 않는 대신,
보세 옷을 명품 가방 값만큼 사게 되는 아이러니.

스스로 마지막이 아니라는 것을 알면서
마지막 쇼핑이라 다짐하게 되는 아이러니.

아버지를 아버지라 부르지 못한 홍길동처럼
아이러니를 아이러니라 부르지 못한 채, 아니 않은 채
내일도 어김없이 반복하게 되는
쇼핑 아이러니♬

# 사랑 접속사 + 《1cm art》 수록글

"사랑한다"는 말 앞에는
두 가지 상반된 접속사가 올 수 있다.

So와 But.

"So I love you"는 달콤하고

"But I love you"는 뭉클하다.

## 코끼리를 예로 들어

노아의 방주에 코끼리가 탈 수 있었던 것은
코끼리가 곡예를 넘을 수 있었기 때문이 아니라
단지 코끼리이기 때문이다.

내가 당신과 사랑에 빠진 것은
당신이 어떤 것을 잘할 수 있기 때문이 아니라
단지 당신이기 때문이다.

코끼리는 영원히 코끼리이고
어떤 조건과 상황 속에서도 당신은 당신이며,
코끼리가 멸종되지 않았듯
당신을 향한 내 사랑 또한 계속될 것이다.

NOA
AUDITION
PASS

# 가볍지만 필요한 몇 가지 조언

배고플 때 쇼핑하지 말 것.
밥 먹은 다음 수영하지 말 것.
한밤에 쓴 편지 보내지 말 것.
화났을 때 운전하지 말 것.

그리고
떠났을 때 잡지 말 것.

당신의 이별을 도와드리는 □특허 출원 미정

**EASY-BYE JACKET**

1. 이별이 복잡해질 때

2. 지퍼만 내려주면

3. 쉽고 간편한 이별 완성

## 사랑을 못 하는 이유

그와 사랑에 빠지지 않았다.

나이가 많아서. 옷 입는 스타일이 마음에 들지 않아서. 남자답지 않아서.
바람둥이라는 소문 때문에. 키가 너무 작아서. 새는 발음이 매력적이지 않아서.

그와 사랑에 빠졌다.

나이가 많음에도 불구하고. 옷 입는 스타일이 마음에 들지 않음에도 불구하고.
남자답지 않음에도 불구하고. 바람둥이라는 소문에도 불구하고.
키가 너무 작음에도 불구하고. 새는 발음이 매력적이지 않음에도 불구하고.

누군가에게는 사랑에 빠질 수 없었던 어떤 이유가,
누군가에게는 사랑에 빠지는 데 있어 중요하지 않은 이유일 수 있다.

지금 사랑을 못 하고 있는 건
당신이 가진 어떤 치명적 단점 때문이 아니라
그 단점을 대수롭지 않게 생각하는 누군가를,
장점을 더 사랑스럽게 바라보는 누군가를,
아직 만나지 못했기 때문일 수도 있다.

사랑도 기회다.

고슴도치에게도
부드러운 털이 있어

이 우주에 나 홀로,
라는 말은 아주 외롭다.

이 우주에 단둘이,

라는 말은 아주 낭만적이다.

수학자는 틀렸다.

하나와 둘의 차이는 어쩌면

단순히 1의 차이보다 훨씬 큰 것인지 모른다.

## 다음 조건을 충족시키는 단 한 사람은?

오른쪽 이마에 점이 있어야 한다.
재채기하는 소리가 특색 있어야 한다.
웃을 때 왼쪽 입꼬리가 더 올라가야 하고
밥을 먹을 땐 무아지경에 빠져야 한다.
주말 오후 2시까지 늦잠 자는 것을 즐겨야 한다.
책을 중간부터 읽는 습관이 있어야 하며
모르는 만화책이 없어야 한다.
페르시안 고양이보다 코리안 쇼트헤어를 선호해야 한다.
언젠가 아들이 생기면 팔씨름을 하고 싶어 해야 한다.
음악 취향이 종잡을 수 없어야 하며
추운 겨울에도 손잡고 거리를 걷는 것을 좋아해야 한다.

한마디로 말하자면,

너여야만 한다.

사랑은

다른 말로

'대체 불가능'이다.

## 동물의 왕국 - 수컷 편

동물의 왕국에서
수컷은 다음의 두 가지 경우 몸집을 키우고 과장된 액션을 취하죠.

적에게 강하게 보여야 할 때,
혹은 암컷에게 매력적으로 보여야 할 때.

인간의 왕국에서
남성은 다음의 경우 몸집을 키우고 과장된 액션을 취하죠.

적에게 강하게 보여야 할 때,
여성에게 매력적으로 보여야 할 때,
실력 있는 후배들이 치고 올라올 때,
업무상 능력을 어필해야 할 때,
실패해도 약해 보이면 안 될 때,
긴장해도 의연해 보여야 할 때,
가족 앞에서 힘든 것을 내색해서는 안 될 때,
그 외 129가지 경우에.

대한민국 남성이
쉽게 피곤해지는 것도
피로 회복제가 잘 팔리는 것도
모두 이유가 있나 봅니다.

여성 여러분,
그를 따뜻하게 다독여주세요.

# Man's Daily Routine

# Woman's Daily Look

## 동물의 왕국 - 암컷 편

동물의 왕국에서
암컷은 다음의 두 가지 경우 절대 물러서지 않으려 하죠.

먹이를 사냥할 때,
혹은 적으로부터 새끼를 보호할 때.

인간의 왕국에서
여성은 다음의 경우 절대 물러서지 않으려 하죠.

일 그리고 육아를 동시에 꾸려야 할 때,
실력 있는 후배들이 치고 올라올 때,
업무상 능력을 어필해야 할 때,
아파도 약해 보이면 안 될 때,
바쁜 와중에 가족들을 챙겨야 할 때,
집안 경조사를 치르며 힘든 내색을 해서는 안 될 때,
그 외 129가지 경우에.

대한민국 여성이
쉽게 피곤해지는 것도
피로 회복제가 잘 팔리는 것도
모두 이유가 있나 봅니다.

남성 여러분,
그녀를 포근하게 껴안아주세요.

## 우산 펼치기

조금씩 비가 내린다.
사람들은 우산을 편다.
그러나 모두 같은 순간에 펴지는 않는다.

빗방울이 얼굴에 한두 번 닿기만 해도 우산을 쓰는 사람,
빗방울이 약간 굵어지면 가방 속 우산을 꺼내는 사람,
옷이 조금씩 젖어가는 순간에야 우산을 펼치는 사람.

외부의 자극에 사람들이 반응하는 것도 그와 같다.
같은 자극이어도 모두 같은 반응을 보이지 않는다.
일정한 자극이 주어졌을 때에도
무덤덤한 사람,
약간의 반응을 보이는 사람,
유독 심하게 힘들어하는 사람들이 있다.
사람들은 모두 다르다.

똑같은 주삿바늘에도
아이는 질겁하고
어른은 참는다.

그것은 아이가 엄살을 피우기 때문이 아니라
자극을 더 크게 느끼기 때문이다.
어른과 아이는 다르기 때문이다.
그리고 우리 모두는 스스로 알고 있듯
어떤 면에서는 어른이고 또 아이다.

혹여 아파하는 누군가를 보고
'웬 엄살이야. 나 같으면 그 정도는 아닐 텐데'
라고 생각하는 것은
어른이 주삿바늘을 무서워하는 아이에게
별것 아니니 무조건 참으라고 하는 것과 같다.
빗방울이 거세지 않으니 우산을 쓰지 말라고
강요하는 것과 같다.
그 생각 안에는 타인에 대한 이해가
들어 있지 않은 셈이다.

어떤 부분에서는 어른인 내가
어떤 부분에서는 아이인 당신을
안아줄 수 있어야 한다.

그렇게 서로를 안으면서 사는 것이다.
비 오는 날 함께 우산을 쓰는 것처럼.

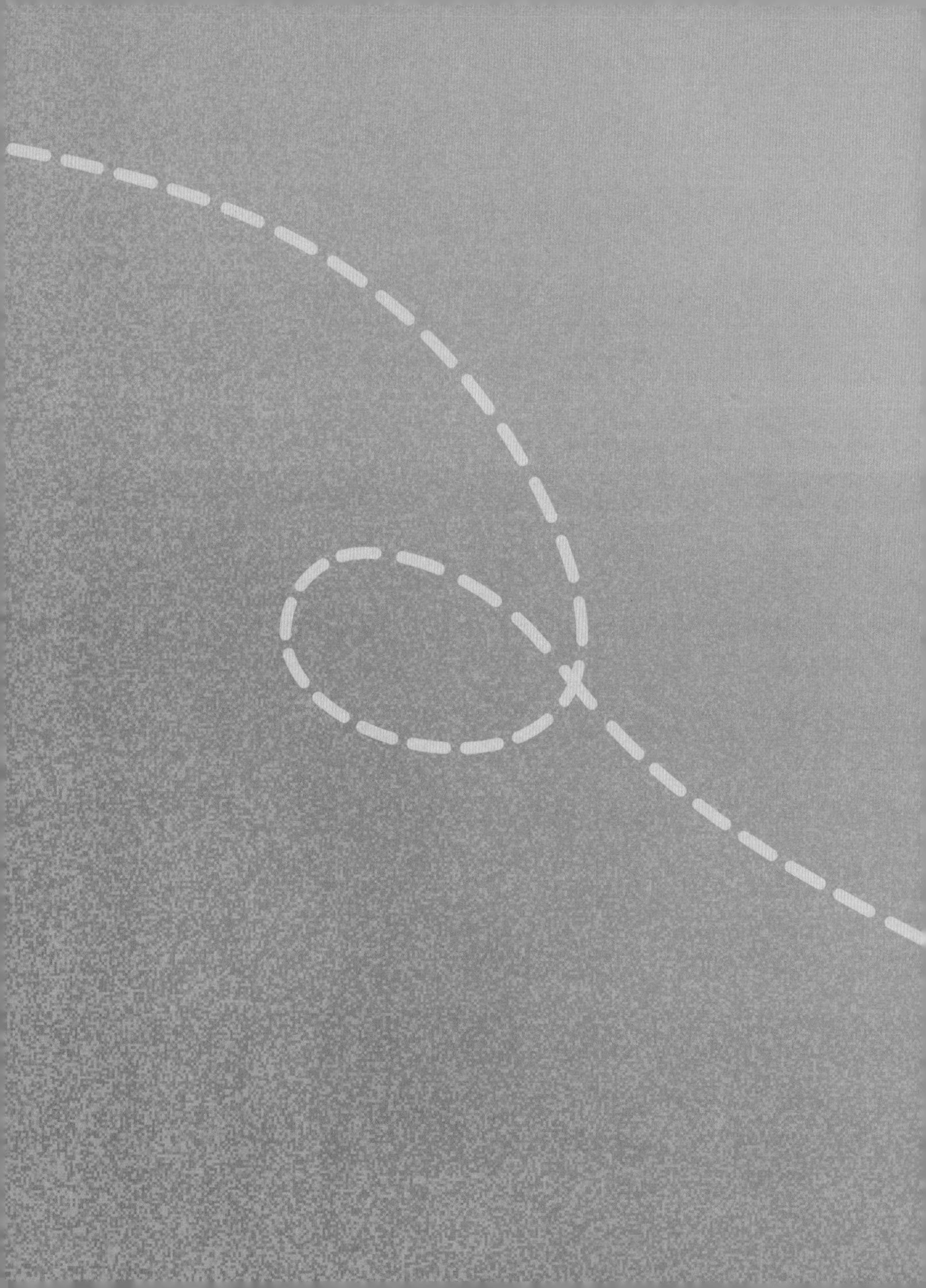

FIRST CLASS

완벽한 하루에도 1cm 틈이 필요해

| TIME | GATE | NEXT |
| --- | --- | --- |
| NOW | 5 | DREAMING |

# 졸음은 좋음

클래식을 듣거나 독서를 할 때
졸리는 것은 당연하다.

좋은 것은
우리의 몸과 마음을 편하게 만들어주기 때문이다.

사랑하는 사람과 함께 있을 때 노곤해지는 마음도 같은 맥락이다.

일주일에 한 번씩 화분에 물은 주면서
왜 사랑하는 사람에게 사랑한다는 말은 잘 하지 않을까요?

화분보다 소중한 것은 사랑하는 사람이고,
물을 주는 것보다 간단한 것은 한마디 말입니다.

이런,
선인장을 키운다는 변명은 하지 말자고요.

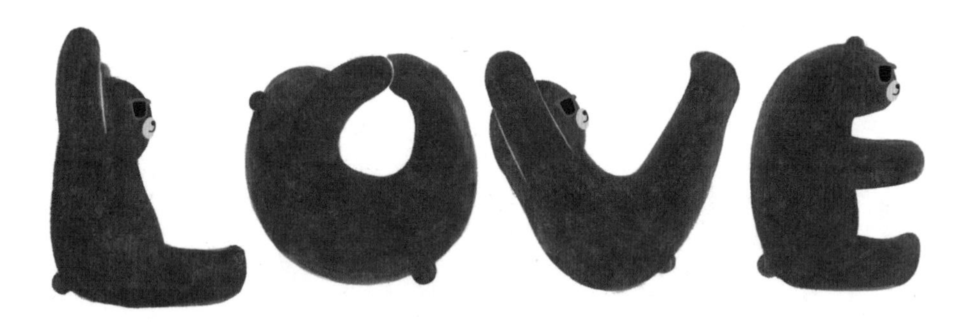

# 샐러리맨이 싫어하는 덧셈

일 더하기 일은

과로.

## 우주를 잃어버리지 말 것

강아지를 잃어버리는 것,
돈을 잃어버리는 것,
애인을 잃어버리는 것,
돈과 애인을 한꺼번에 잃어버리는 것,
여권을 잃어버리는 것,
3일 밤새운 포트폴리오를 잃어버리는 것은
잃어버린 후에 바로 알게 됩니다.

재미있는 농담하는 버릇을 잃어버리는 것,
순수함을 잃어버리는 것,
삶에 대한 호기심을 잃어버리는 것,
신에 대한 믿음을 잃어버리는 것,
가까이 있는 사람의 소중함을 잃어버리는 것,
내가 좋아하던 내 모습, 나 자신을 잃어버리는 것은
잃어버린지도 모를 때가 많습니다.

잃어버렸을 때 금방 티가 나는 것보다
잃어버린지도 모르고 지나가는 것이
실은 인생에서 더 중요한 것,
절대 잃어버리면 안 되는 것일 수도 있습니다.

그래서 우리는 가끔 시간을 내어
잃어버린 중요한 것들이 있는지
한 번쯤 체크해보아야 합니다.

# Lost & Found List

| | LOST | FOUND |
|---|---|---|
| Smile | ☐ | ☐ |
| Belief in god | ☐ | ☐ |
| Curiosity | ☐ | ☐ |
| Sense of humor | ☐ | ☐ |
| Purity | ☐ | ☐ |
| Composure | ☐ | ☐ |
| Passion for life | ☐ | ☐ |

HaHa

저 단발머리 여자,
상큼하다
저 긴 생머리 여자,
분위기 있다

당신의 매력,
당신만 발견 못 하고 있는 것일 수 있습니다.

## 지난번 데려온 고양이가 말을 해

로또 1등과 2등에 동시에 당첨되는 것,
그다음 주 연금 복권에 또 당첨되는 것,
우연히 베란다 창문으로 들어온 비둘기가
다이아 반지를 떨어뜨리고 가는 것,
집 앞마당 장독대에서 국보급 조선백자가 발견되는 것,
같은 날 뒷마당에서는 고려청자가 발견되는 것,
애인이 나를 위해 30.5m 길이 리무진과 호텔을 통째로 빌려 이벤트를 해주는 것,
미국의 대통령이 친히 서신을 보내 저녁 식사를 함께하고 싶다는 연락을 보내오는 것,
최초의 행성을 발견해 과학 잡지와 신문 지상에 대서특필되는 것,
얼마 전에 데려온 고양이가 말하는 고양이어서
각종 매스컴의 스포트라이트를 받고 유명해지는 것
……이
인생에서 얼마나 자주 일어날까?

그러니 꼭, 일생에 한 번 그 일만을 기다리는 사람처럼
웃지 않거나, 기뻐하지 않거나, 감동받지 않거나
또는 무표정으로 일관하지 말고
사소한 일에도 자주 웃고, 더 행복해하고, 가슴 뭉클해지고
호들갑 떨어봅시다.

God,
~~Good~~ morning!

(맙소사, 아침이다!)

왜 이렇게
머리가
무겁지…?

지금 이 순간 이 지구상엔
파스타와 네 앞의 나밖에
없다고 생각해.
고민과 걱정들은 다음 기회에…

파스타를 먹으면서
된장찌개를 생각하고,

이 남자를 만나면서
그 남자를 그리워하고,

노래를 배우면서
서툰 춤을 고민하고,

산에 놀러 와서
바다를 보고 싶어 한다면,

도둑보다 불행한 것인지도 모른다.

적어도 도둑은
이 집을 털면서
다른 집을 터는 생각 따윈
하지 않으므로.

# Special Pages

이 페이지는
특수 잉크로 제작되어
실내등이 아닌 태양광을
10분간 쪼이면
글씨가 나타납니다.

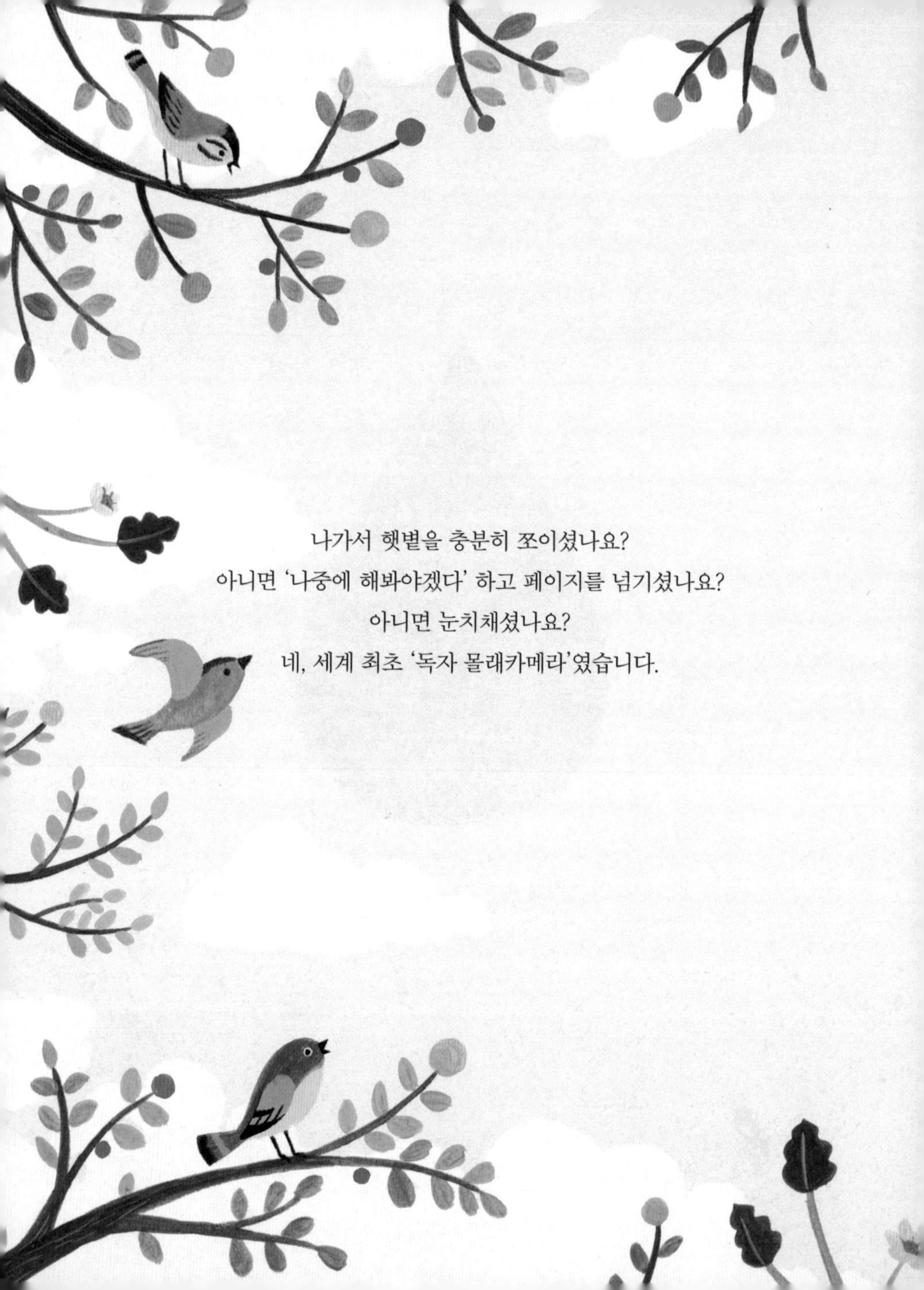

나가서 햇볕을 충분히 쪼이셨나요?

아니면 '나중에 해봐야겠다' 하고 페이지를 넘기셨나요?

아니면 눈치채셨나요?

네, 세계 최초 '독자 몰래카메라'였습니다.

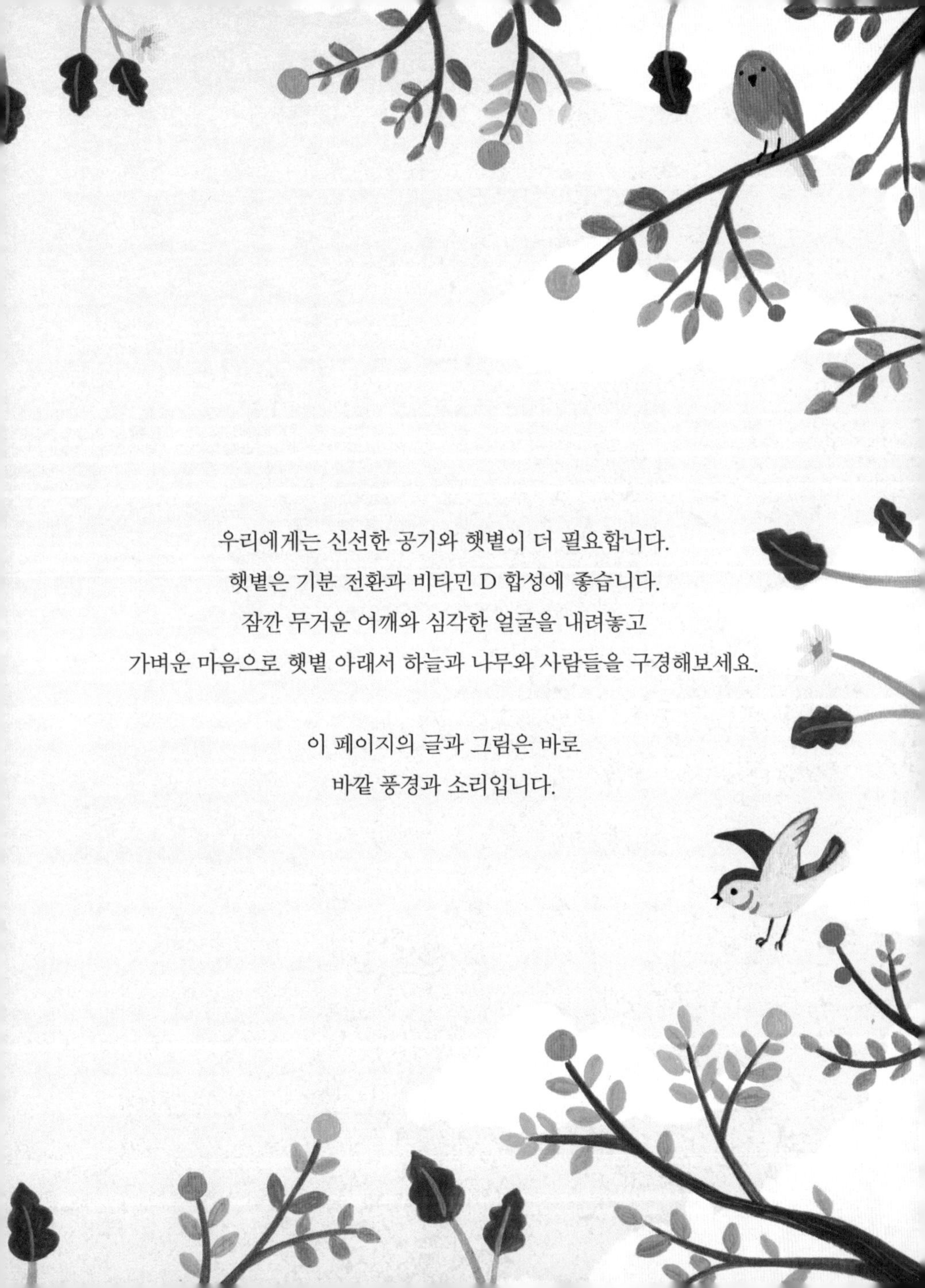

우리에게는 신선한 공기와 햇볕이 더 필요합니다.
햇볕은 기분 전환과 비타민 D 합성에 좋습니다.
잠깐 무거운 어깨와 심각한 얼굴을 내려놓고
가벼운 마음으로 햇볕 아래서 하늘과 나무와 사람들을 구경해보세요.

이 페이지의 글과 그림은 바로
바깥 풍경과 소리입니다.

인생에 있어
자물쇠는 하나지만 열쇠는 여러 개.

예를 들어,
'우울한 기분'이라는 자물쇠를 풀 수 있는 열쇠는

1리터의 물 혹은 1밀리리터의 눈물,
페퍼톤스의 〈Ready, Get Set, Go!〉처럼 기분 좋은 곡,
5분 동안의 전화 수다 혹은 10분간의 낮잠,
산책 나온 강아지 구경하기,
꼬리에 꼬리를 무는 인터넷 쇼핑,
가벼운 운동화 신고 조깅하기,
오래된 편지 꺼내보기.

...

..

.

그러니 지금
이별이든
괜한 우울이든
시험 낙방이든
풀기 힘들 것 같은 자물쇠를 쥐고 있다면,
잠깐 고개를 들어 주변을 살펴보자.

열쇠들은
의외로
아주 쉽게
얻을 수 있다.

## 갑자기 찾으면 없는 것 몇 가지

도장.

작년 봄에 입었던 원피스.

지난번 쓰고 남은 편지지.

줄자.

몇 달 전 찍었던 증명사진.

여권.

오랜 시간 자신들의 존재를 잊어버리다
필요할 때만 찾는 우리들에게
복수하고 싶은 것인지도 모른다.
그래서 점점 더 꽁꽁 숨어들어 가는 것인지도 모른다.

그러니 사람도 마찬가지.

필요할 때만 찾지 말고,
보고 싶을 때 자주 보자.

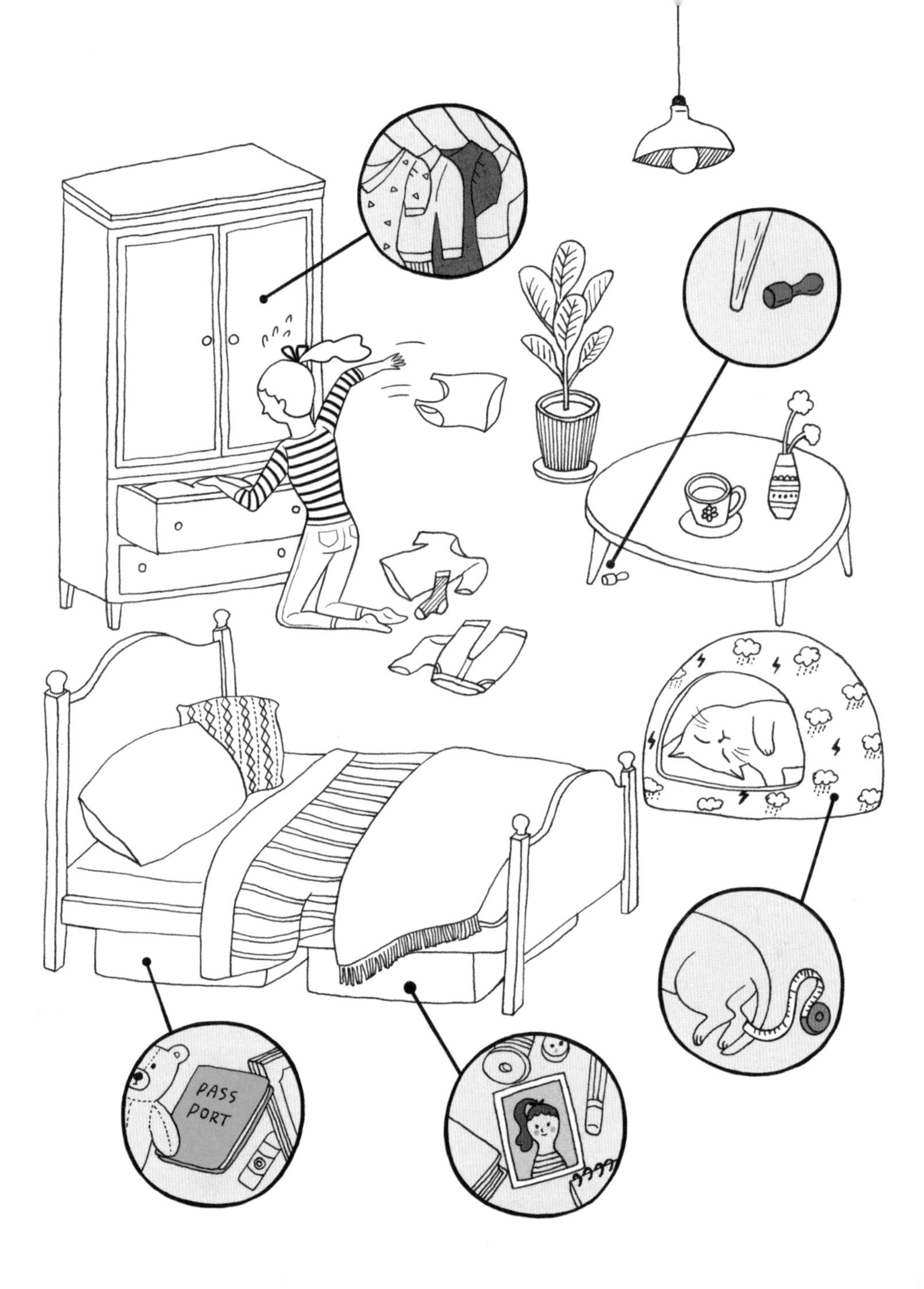
PASS
PORT

## 웃게 하면 웃을 수 있다

질문 1. 최근 2주간 벅차게 행복한 적이 있는가?
질문 2. 최근 2주간 누군가를 벅차게 행복하게 한 적이 있는가?

질문 1. 최근 2주간 한바탕 웃은 적이 있는가?
질문 2. 최근 2주간 누군가를 한바탕 웃게 한 적이 있는가?

질문 1에 대한 답에 NO가 나온다면
질문 2에 대한 답에 YES가 나오도록 해볼 것.
자동적으로 질문 1에 대한 답도 YES가 될 것이다.

행복하게 하면
행복해진다.

널 위해 준비했어!
LOVE

지구의 중요한 사실과 지금의 중요한 사실.

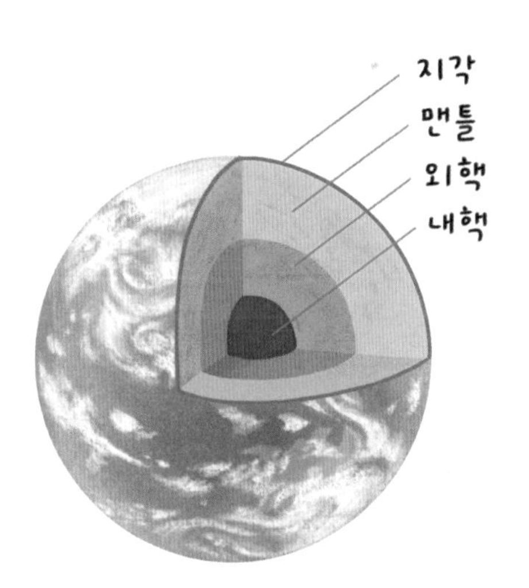


지구의 중요한 사실

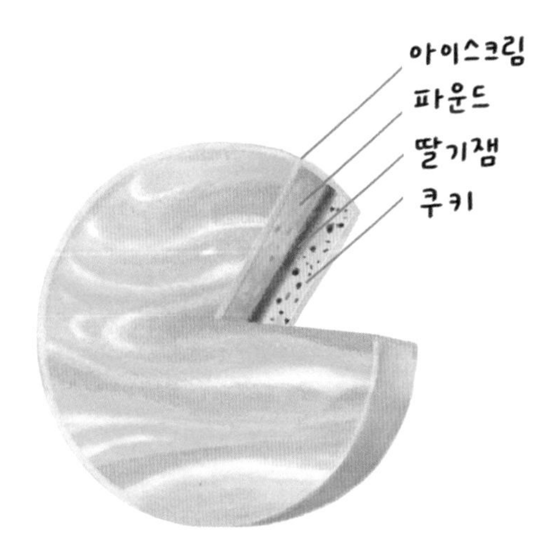


지금의 중요한 사실:
하루 중 당 충전 시간

## 나를 위로 하는 것들 1

아래

떠오르지 않는 영감.

첩첩산중 프로젝트.

풀리지 않는 숙제.

위로

꽃을 만나세요.
산책을 하세요.
신선한 공기와 나무가 있는 곳에서의 산책은
뇌 속 세로토닌을 활성화시켜
정신이 맑아지고 행복감을 느끼게 해줍니다.

문제를 바꿀 수 없다면
문제를 푸는 방법과 장소를 바꿔보세요.
스스로를 책상에만 가두지 마세요.

욕조에서 답을 발견한 아르키메데스처럼
답은 의외의 장소에서 떠오를 수 있습니다.

아래

그와 헤어졌다.
심장이 반 토막 난 것처럼 아프다.
나는 다시 사랑할 수 있을까.

지금 당신에게 필요한 예.

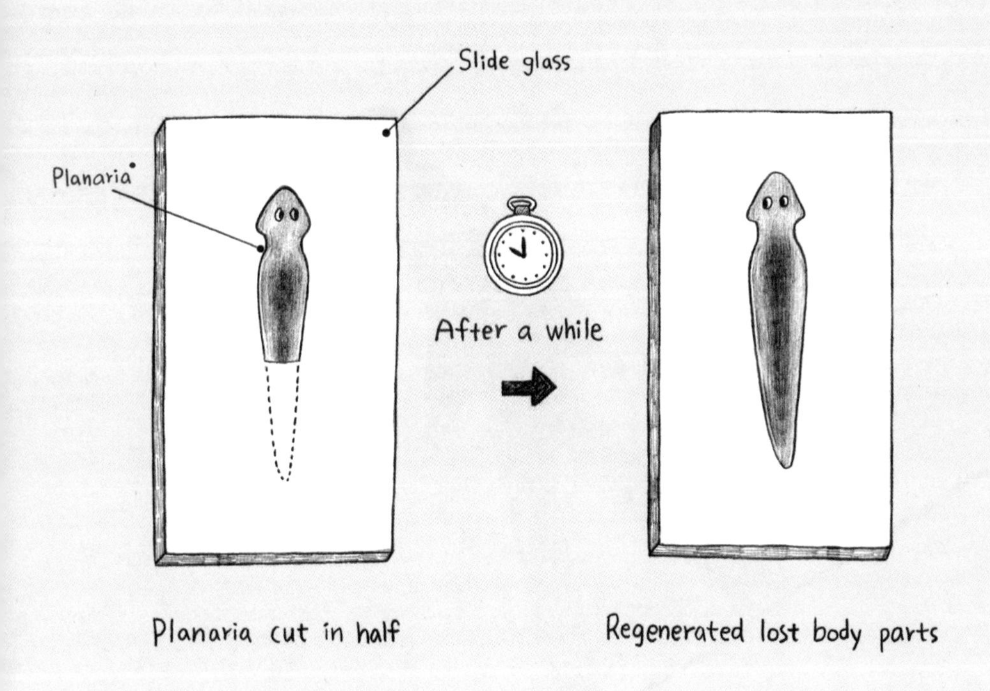


• 플라나리아. 하천이나 호수 바닥에 사는 1cm 길이의 편형동물. 몸 재생 능력이 뛰어나다.

## 나를 위로 하는 것들 3

아래

인생의 하강 지점.

위로

롱 텀(long term)으로 보았을 때
상승하는 과정의 한 지점.

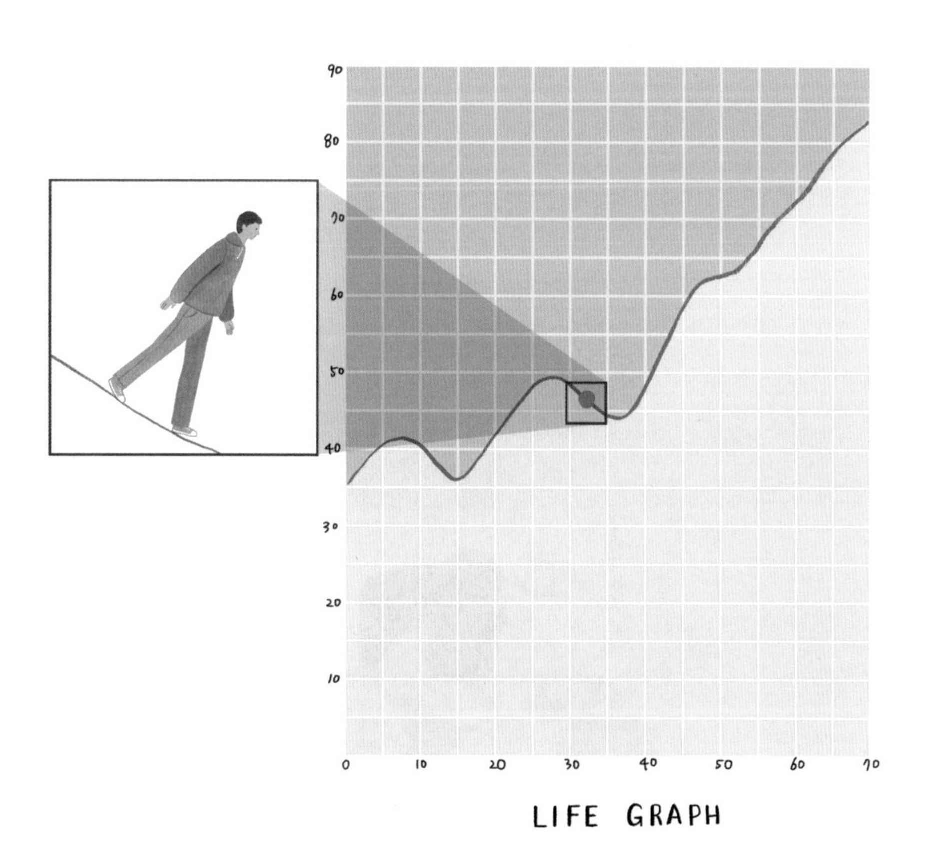

## 나를 위로 하는 것들 4

아래

어제 못 자서 피곤해.
어제 푹 잤는데도 피곤해.

일이 너무 많아서 피곤해.
일을 마무리 중이라 피곤해.

커피를 안 마셔서 피곤해.
커피를 마셨는데도 피곤해.

월요일이라서 피곤해.
화요일이라서 피곤해.
수요일이라서 피곤해.
목요일이라서 피곤해.
금요일이라서 피곤해.

위로

콘서트를 볼 때는 피곤하지 않습니다.
영화에 푹 빠져 있을 때는 피곤하지 않습니다.
사랑하는 연인과 데이트를 할 때는 피곤하지 않습니다.
좋아하는 무언가를 할 때는 피곤하지 않습니다.

365일 피곤증에 시달리고 있다는 것은
하기 싫은 일을 하고 있다는 뜻입니다.

박카스나 우루사를 찾지 말고
밤을 새워도 피곤을 잊게 할
'내가 좋아하는 일'을 찾아보세요.

## 오늘도 좋은 하루 + 《1cm 오리진》 수록글

누군가의 인생은 오늘
정원에 꽃을 피웠다.

누군가의 인생은 오늘
넘어진 사람을 일으켰다.

누군가의 인생은 오늘
종이접기를 가르쳐주었으며,

누군가의 인생은 오늘
날아가는 풍선을 잡아주었다.

매일매일이 기회다.
누군가의 인생이
다른 누군가의 인생에
꽃이 되고,
지렛대가 되고,
좋은 소식이 될 수 있는.

살아가는 것은
그래서 아름답다.

내가
잡아줄게!

내가 만든
종이 팽이야

# 아이어른

어른 안에 덜 자란 아이가 존재하는 이유는
세월의 속도가 어떤 두려움을 극복하는 속도보다
빠르기 때문이다.

그리고 누구에게나
그런 부분은 있다.

## 현실로 떠나는 티켓

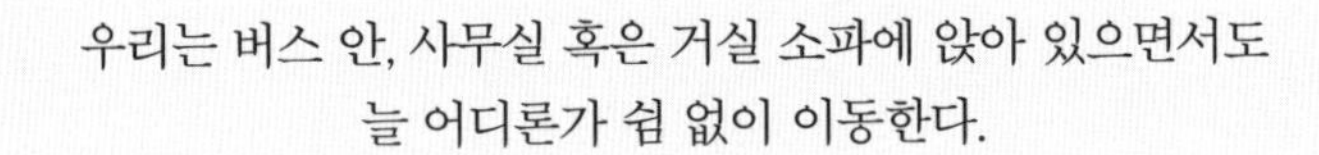

우리는 버스 안, 사무실 혹은 거실 소파에 앉아 있으면서도
늘 어디론가 쉼 없이 이동한다.

돌이키고 싶은 실수를 저질렀던 그때 그곳으로,
그 말은 역시 하지 말아야 했던 그곳으로,
A가 아닌 B를 선택해야 했던 그곳으로.
생각만 해도 긴장돼 입이 마르는 그곳으로,
걱정했던 일이 펼쳐지고 있을 그곳으로.

다시는 돌아갈 수 없는 어제의 그곳,
지금은 갈 수 없는 내일의 그곳으로 가
후회를 되새기고,
미리 두려워한다.

한편 우리는,
여행을 하면서 많은 장소를 옮겨 다니지만
마침내 한자리에 머무르게 된다.

이국적인 향신료 냄새가 코를 자극하는 이곳,
분수대에서 튀는 물방울이 차갑게 볼에 닿는 이곳,
하늘 위 열기구가 색색의 풍선같이 보이는 이곳,
처음 맛보는 고등어케밥이 내 입맛에 꼭 맞는 이곳.

과거로도 미래로도 이동하지 않은 채
지금 내 몸이 머물러 있는 바로 이곳에서
보고, 듣고, 맛보고, 느낀다.

언젠가부터 당신이
후회스러운 과거로, 걱정스러운 미래로 이동해 다니느라
멀미를 느낀다면, 잠깐
진짜 멀미를 느낄 수 있는 여행을 떠나기를 추천한다.

떠나는 동안의 멀미는 뒤로하고,
여행하는 내내 내 발이 닿아 있는 현실에
온전히 머무르기,
휴식하기,
힘을 얻기.
여행이기에 가능한 일들이다.

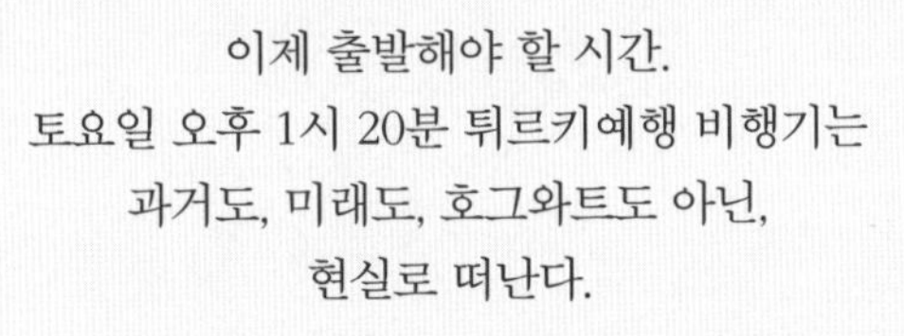

이제 출발해야 할 시간.
토요일 오후 1시 20분 튀르키예행 비행기는
과거도, 미래도, 호그와트도 아닌,
현실로 떠난다.

FIRST CLASS

Me ------> DREAMING

1cm의 꿈을 가지면 늙지 않는 어른이 된다

| TIME | GATE | NEXT |
|---|---|---|
| NOW | 6 | ME |

행동으로 옮기지 못한 결심은
악마의 애장품이 된다.

DEVIL'S COLLECTION
열등감
강약
약강
시기와
질투
오늘의
'안' 할 일
내일지10년
뒤로 미룬 계획
시작 안 한
다이어트
잊어버린 꿈
내 불행만
특별해
48시간
유튜브 시청
구멍 난
심장
Death
Note
시도하지
않은 도전
타인의
불행에 관한 수다

꿈( )이루다

DREAMS

'꿈'과 '이루다'를 잇는 가장 알맞은 말은
'을'이 아닌 행동이다.

COME TRUE

도전!

# BE AMBITIOUS!

"젊을 때 도전하라"는
구글(Google) 전 회장의 말은 틀렸다.

도전할 때 젊은 것이다.

## 낡은 열쇠로도

+《1cm art》 수록글

낡은 열쇠로도 문을 열 수 있습니다.
작은 날개로도 하늘을 날 수 있습니다.
풀피리로도 멋진 멜로디를 연주할 수 있고,
몽당연필로도 아름다운 시를 쓸 수 있습니다.

당신이 갖고 있는 것만으로도 이미,
훌륭한 일을 해내기 충분합니다.

+ When I haven't any blue, I use red.
(파란색이 없다면, 빨간색을 쓰면 된다.)

-파블로 피카소

원작: 에두아르 마네, 〈피리 부는 소년〉, 1866년

**"예를 들어 서준이",**

**"예를 들어 윤서",**

**"예를 들어 재호",**

**"예를 들어 제임스",**

**"예를 들어 은우".**

누군가 당신을 예로 들 때
그것은 어떤 예일까?

인생을 조금 더 멋지게 살아야 할 이유는 많다.

이 페이지에 당신의 사인을 추가해보세요.

인간은 종종
땀보다 돈을 먼저 가지려 하고
설렘보다 희열을 먼저 맛보려 하고
베이스캠프보다 정상을 먼저 정복하고 싶어 하고
노력보다 결과를 먼저 기대하기에,
무모해지고
탐욕스러워지고
조바심 내고
쉽사리 좌절한다.

자연은,
봄 다음 바로 겨울을 맞이하지 않고
뿌리에서 바로 꽃을 피우지 않기에,
가을엔 어김없이 열매를 거두고
땅 위에선 아름다운 꽃을 피운다.
만물은 물 흐르듯 태어나고 자라고
또 사라진다.

자연은 말없이 말해준다.
모든 것엔 순서가 있고
기다림은 헛됨이 아닌, 과정이라고.

꽃 한 송이가 피어나는 데에도
세 계절의 긴 기다림이 필요한 것을.

꽃보다 더 아름다운 사랑과
더 빛나는 승리를 바라면서,
기다리고 인내하지 않는 것은
어리석은 일이다.

열매가 꽃보다 빠를 수는 없다

## 인내는 달다

인내는 쓰고 그 열매는 달다 하는 사람은
노력할 줄 아는 사람이고,

인내는 달고 그 열매 또한 달다 하는 사람은
즐길 줄 아는 사람이다.

그리고
즐길 줄 아는 사람은
대단한 능력 혹은 낙천적 성격의 소유자일 수도 있지만
즐길 수 있는 일을 발견한
진정한 행운아일 수도 있다.

LONG JOY
SHORT JOY
fly, fly

## 짧은 즐거움, 긴 즐거움 + 《1cm art》 수록글

인생에는
짧은 즐거움과 긴 즐거움이 있다.

수목 드라마를 보는 1시간 동안의 즐거움,
영화 관람할 때 2시간에서 2시간 30분 사이의 즐거움,
맛있는 음식을 먹을 때 약 30분간의 즐거움,
주말 쇼핑이 주는 반나절 동안의 즐거움은
짧은 즐거움이다.

몇 개월이 걸리지만 몸과 마음을 단련시키는 운동의 즐거움,
당신의 온 인생을 걸쳐 좋아하는 일을 찾는 즐거움,
그 일을 통해 스스로를 완성해나가는 즐거움,
그리고
세월의 흐름에도 깨지지 않는
믿을 수 있는 관계가 주는 즐거움은
긴 즐거움이다.

짧은 즐거움은 누군가 만들어놓은 즐거움이며
손쉽게 얻을 수 있는 대신
지나가면 사라지고,
긴 즐거움은 당신이 만들어가는 즐거움이며
인내와 눈물과 땀이 따르기도 하지만
당신의 일부가 된다.

삶에는 두 가지 즐거움이 모두 필요하며
그래서 가끔씩 스스로에게 물어보기가 필요하다.
얻기 쉬운 짧은 즐거움에 빠져
잊기 쉬운 긴 즐거움을 놓치고 있지는 않은지를.

## '하루'에 대한 오해 + 《1cm art》 수록글

하루는 지나간다고 사라지는 것이 아니다.
위치에너지가 운동에너지로 변하는 것처럼
하루도 시간 에너지에서
다른 에너지로 변하는 것일 뿐이다.

어부의 하루는 낚시 그물 속의 물고기가 된다.
작가의 하루는 몇 페이지 더 진도가 나간 소설이 된다.
아이의 하루는 조금 더 큰 키가 되고
연인의 하루는 서먹한 존댓말 대신 애칭을 부르는 사이가 된다.
휴가를 떠난 직장인의 하루는 월요병을 이기는 힘이 되고,
초보 주부의 하루는 어제보다 맛있는 김치찌개가 된다.

저녁 식탁에 오른
이름 모를 어부가 잡은 통통한 고등어처럼
각자의 하루는 사라지지 않고
우리 곁에, 이 세상에
다양한 모습으로 존재하는 것이다.

그러니 또 하루가 지나가는 것을
덜 아쉬워해도 된다.

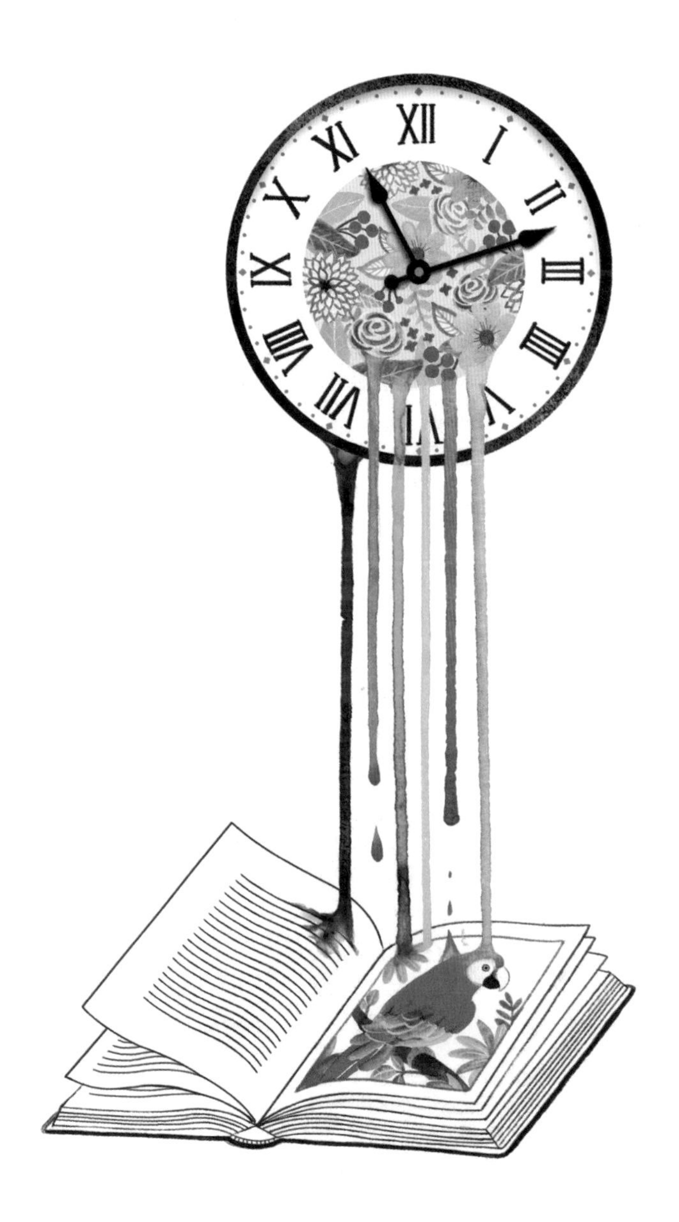

## 자연은 알고 있다

힘든 상황이 지나갈까 의심될 때는
먹구름이 저절로 걷히는 것을 보면 된다.

힘없는 내가 과연 할 수 있을까 용기 없을 때는
가녀린 들꽃이 바위틈을 비집고 피어나는 것을 보면 된다.

진정한 사랑이 있을까 회의가 들 때는
한번 짝 맺으면 죽을 때까지 함께한다는 늑대를 보면 되고,

자꾸만 부모님에게 반항심이 들 때는
늙은 어미에게 먹이를 물어다 봉양하는 까마귀를 보면 된다.

주말에도 쉴 새 없이 일의 압박으로 머리가 복잡할 때는
하루 12시간 잠만 자도 굶어 죽을 일 없는 나무늘보를 보면 되고,

목적의식 없이 그저 주저앉고 싶을 때는
한 번의 사냥에 모든 에너지를 쏟아붓는 어미 치타를 보면 된다.

나는 늘 뒤처질 수밖에 없을까 의기소침해질 때는
물속에서 남보다 빠르게 헤엄치는 거북을 보면 되고,

기다리고 기다리는 그날이 과연 올까 싶을 때는
긴긴 겨울 끝에 결국, 봄이 찾아오는 것을 보면 된다.

신은 보물찾기처럼
자연의 이곳저곳에
인생의 해답들을 숨겨놓으셨다.

## 머리가 가슴을 모른 척할 때 생길 수 있는 일 +《1cm art》 수록글

떠나고 싶은 여행을 못 떠나는 이유를 찾아낸다.

머리를 빨갛게 염색해보거나 어울릴 수도 있는

과감한 스타일을 시도해보지 않는다.

록 공연장에서 꿔다 놓은 보릿자루 같은 사람이 된다.

부모님에게 사랑한다고 말하지 않는다.

프랑스 디저트 수플레의 요리법을 배우지 않는다.

문이 두 개뿐이라 실용성이 떨어지는 스포츠카를 사지 않는다.

가수의 꿈이 있으면서도 개발팀 박 대리로 남는다.

짝사랑을 고백하지 않는다.

머리가 마음을 모른 척할 때 생길 수 있는 일은,

결국

아무 일도 생기지 않는다는 것이다.

원작: 라파엘로 산치오, 〈시스티나의 성모〉 중 일부, 1513년

마음 가는 대로
스타일을 시도해봐

# 적응하지 말 것

지속적인 비행기 소음에 적응하는 것,
춥거나 더운 날씨에 적응하는 것,
엄마 잔소리에 적응하는 것,
새로 이사 간 동네와 새 회사 시스템에 적응하는 것,
아내의 형편없는 요리 솜씨에 적응하는 것
……은 생존을 위한 것이다.

소파 위 게으름과 인스턴트식품에 적응하는 것,
매일 들리는 나쁜 뉴스에 적응하는 것,
하루 두 번 거짓말하는 습관에 적응하는 것,
상처받는 것과 타인에게 상처 주는 것에 적응하는 것,
실패와 좌절에 적응하는 것
……은 생존을 위협하는 것이다.

모든 적응에 "응"이라고 답하진 말 것.
자신을 빼앗기는, 더 나은 세상을 방해하는
나쁜 적'응'에는
"아니오"라고 답할 수 있어야
진짜 살아 있는 삶을 선택할 수 있다.

## 지는 태양 앞에 화내지 않는 것은

지는 태양 앞에 화내지 않는 것은
내일도 태양이 뜨리라는 것을 알기 때문이다.

흩어지는 씨앗 앞에 불안해하지 않는 것은
곳곳에서 꽃피우리라는 것을 알기 때문이다.

거센 소나기 앞에 평온을 잃지 않는 것은
그것이 곧 지나가리라는 것을 알기 때문이며,

사라지는 무지개 앞에 아쉬워하지 않는 것은
언젠가 다시 볼 수 있으리라 기대하기 때문이다.

우리가 쉽게 화내거나, 불안해하거나,
평온을 잃고, 아쉬움에 눈물 흘리는 것은
단지 모르고 있기 때문이다.

새로운 기회가 오리라는 것을,
더 좋은 것으로 돌아오리라는 것을,
모든 문제는 곧 해결되리라는 것을,
이것은 끝이 아니라는 것을.

# Keep Walking

+ 《1cm art》 수록글

한 번의 성공은 운일지 몰라도
계속되면 실력이다.

한 번의 관심은 호감일지 몰라도
계속되면 진심이다.

한 번의 도전은 치기일지 몰라도
계속되면 용기이다.

한 번의 발걸음은 지워질 발자국을 남기지만
계속되면 길이 되고,
한 번의 비는 지나가는 소나기이지만
계속되면 계절이 된다.

한 번은 쉽고 계속은 어렵지만
삶을, 세상을 바꾸는 것은 계속되는 그 무엇-

그러니 멈추지 말고 나아가길-
가장 큰 힘은 계속되는 것 안에 있다.

원작: 비틀스, 〈애비 로드(Abbey Road)〉 음반 재킷, 1969년

미래로부터 온 편지

당신이 느끼는 불행은 이 시간이 마지막일지 모릅니다.
당신 몫으로 주어진 절망은 거의 다 소진되었고,
당신 이름으로 예약되어 있는 미래는 아름답습니다.

땀은 꽃이 되고 눈물은 결실을 맺을 것입니다.
당신이 기억하고 있는 수고부터 잊고 있던 수고까지
기억하는 아픔부터 잊고 있던 아픔까지
그 모든 것은 보상받을 것입니다.

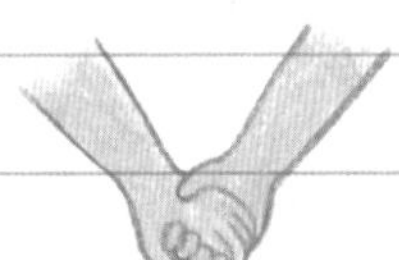

지금까지의 웃음보다 더 큰 웃음이 남았고,
지금껏 가슴 떨렸던 것보다 더 큰 전율이 남아 있습니다.
살아오며 클라이맥스라 여겼던 순간은
클라이맥스가 아닌 가벼운 전조일 뿐.

놓치기엔 아까운 장면들, 생의 마지막 순간에 기억될 아름다운 장면들이
무수히 남아 있습니다.

혹여 그 장면 사이사이에 지금보다 더 큰 아픔이 있을지라도
당신은 그 아픔보다 강해져 있을 것입니다.
다른 사람의 아픔에 귀 기울이고 그들까지 안아줄 수 있을 정도로 말입니다.

당신이 만나보지 못했던 아름다운 사람들이 기다리고 있습니다.
우연과 운명은 힘을 합쳐 그들을 당신에게 데려다줄 것입니다.
당신과 비슷하거나, 혹은 전혀 다른 삶을 살거나 상관없이
넘치는 영감과 활력을 당신께 선사할 것입니다.
그들과의 대화와 교감으로, 밖으로는 새로운 세계,

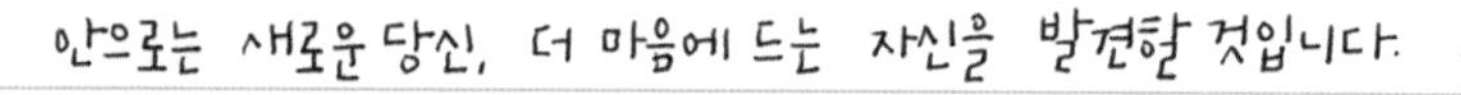
안으로는 새로운 당신, 더 마음에 드는 자신을 발견할 것입니다.

지구는 쉽사리 드러내지 않는 모습을 당신에게만 보여줄 것입니다.
그 순간, 심장이 단순히 뛰는 것 이상으로 살아 있다고 느끼게 될 것입니다.
세상에 태어난 또 다른 이유를 알아내게 될 것입니다.

당신은 야생 범고래의 바닷속 레이싱보다 진귀한 장면과,
뭄바이 빨래터 인도인의 삶보다 생생한 삶의 한 장면을
목격하는 관객이 될 것입니다.

또한 여행지로부터 돌아와서는, 누구도 대체할 수 없는
당신 삶의 주인공이 될 것입니다.
여행은 때로 삶 같고, 삶은 때로 여행 같을 것입니다.
그 둘 모두의 내일이 기다려질 것입니다.

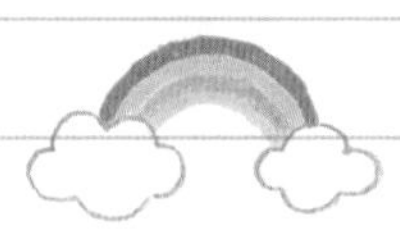

그러니,
지금 울고 있다면 잠깐만 울고
지금 절망하고 있다면 잠깐만 절망하세요.
절망이 계속되면 절망이 미래가 되니.
일어나 당신 몫으로 주어진 내일을 찾으세요.
그 미래의 주인이 되세요.

이것은 당신의 미래로부터 당신에게 배달된 편지입니다.

이편지에 없는 것은 주소,

이 편지에 있는 것은 진실입니다.

P.S. 모든 진실은 마주하는 순간 심장이 반응하기 마련이지요. :)

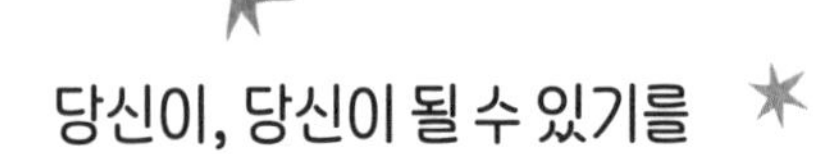

# 당신이, 당신이 될 수 있기를

당신이 글을 진정 사랑한다면
독서가 취미인 카페 주인보다 소설가가 될 수 있기를.

당신이 노래를 진정 사랑한다면
노래 잘하는 요리사보다 무대 위 가수가 될 수 있기를.

당신이 여행을 진정 사랑한다면
휴가를 손꼽아 기다리는 회사원보다 여행 작가가 될 수 있기를.

당신이 코미디를 진정 사랑한다면
유머러스한 거래처 직원보다 유머러스한 코미디언이 될 수 있기를.

당신이 진정 사랑하는 것이 온전히 당신이 될 수 있기를.
당신이 진정 사랑하는 것이 당신이 될 수 있을 때까지
용기와 끈기를 지닐 수 있기를.

꿈에 어떠한 미련도 남겨두지 않기를.
그런 당신에게 삶은 기회를 주기를.

그러나 설령 당신이 원하는 만큼 이루어지지 않더라도
가시가 아닌 진주처럼 아름다운 삶의 한 부분으로 안을 수 있기를.
실패가 아닌 도전이었다 말할 수 있기를.

꿈을 가졌던 것을 후회하지 않기를.
지나간 꿈보다 더 아름다운 현재를 웃으며 살아가기를.

## 영감(靈感)의 릴레이

데이비드 호크니는 앤디 워홀에게 영감을 얻었다.

달리는 프로이트의 이론을 통해 작품 세계를 넓혔다.

푸치니는 단테의 〈신곡〉에 영감을 받아 오페라를 작곡했다.

아인슈타인은 철학자 데이비드 흄에게 영감을 받아

상대성 이론을 탄생시켰다.

영감이 위대한 것은 분야를 넘나들기 때문이다.
오늘 하루 우연히 발견한 좋은 노래가,
음악과 관련 없는 일을 하는 누군가에게,
문제해결의 실마리나 뜻밖의 영감을 줄 수 있다.

우리에게 좀 더 자주,
일상의 한눈팔기가 필요한 것은 그 때문이다.
퇴근길, 서점의 에세이 C-7 구역에서,
주말 전시, 떠오르는 신진 작가의 스케치에서,
공원 산책 중의 겹벚꽃나무 앞에서,
남은 약속 시간 우연히 들른 작은 소품 가게에서,
내가 찾지 않으면 주인이 나를 찾지 않는 마음 편한 옷 가게에서,
뜻밖의 영감, 나아가 새로운 자아를 발견할 수 있다.

그렇게 새롭게 발견한 자아가, 나 자신을
인생의 흥미로운 길로 인도할지도 모르는 일이다.

I see me

I hear me

I admire me

I love me

I need me

1cm+me

# 1cm+me

## 등장인물 비하인드 스토리

〈곰 군〉

'낭만적 사랑'을 중시하는
로맨티시스트.
덩치에 비해 청순한 눈이
콤플렉스라서 선글라스를 쓰기
시작했는데, 자신만의 멋진
트레이드 마크가 되었다.

〈백곰 양〉

북극의 빙하가 녹아 한국으로
이민 온 백곰.
이민 온 후 오메가3가 함유된
신선한 생선을 자주 먹지 못해
다크서클이 생겼지만 다크서클로도
가려지지 않는 귀여운 외모다.

〈너 양〉

스트라이프 옷을 즐겨 입고
나이는 당신과 동갑.
취미는 인터넷 쇼핑과 뜨개질이고
특기는 바이크 레이싱인
한마디로 규정할 수 없는 여자다.

〈 푸들 〉

너무 진지하지도,
너무 유머러스하지도 않은
IQ 147의 푸들이다.
때로는 보통 강아지처럼 애교를 충실히 부리기도,
때로는 모두 잠들었을 때 몰래
밀란 쿤데라와 쇼펜하우어의 책을
읽으며 이중생활을 즐긴다.

〈봉제 냥이〉

'봉제 냥이'의 전생은 '너 양'의
옛 남친이 사준 블랙 드레스.
버리려다 그래도
소중한 추억이기에 옷감으로
봉제 고양이를 만들었다.
어느 날 단추 눈 한쪽이 떨어져
오드 아이가 되었다.

## 나의 1cm는 당신입니다

_ 김은주

저의 독자님들은 어느새 10대 수험생에서 20대 사회인으로, 30대는 성숙한 40대로, 인연을 만나 가족을 이루기도 하고 또 자신의 꿈을 향해 여전히 노력하고 있습니다. 독자님들에게 받던 손편지는 DM으로 바뀌었지만 그 내용은 여전히 뭉클하고 따뜻합니다. 이처럼 독자님들의 성장과 변화에 함께하고 인생에 긍정적인 영향을 미칠 수 있다는 것이 작가로서 큰 행복과 기쁨입니다. 10년이 지나도록 책이 계속해서 새로운 언어로 출간되고, 세계의 독자들에게 감사 메시지를 받는다는 것, 밀리언셀러로 사랑받는다는 것은 작가로서도 매우 드문 영광스러운 일인 것 같습니다.

이번 책의 탄생 스토리는, 10주년 기념 에디션으로 출간하자는 출판사의 제안에 가볍게 응했다가, 계획이 언제나 계획대로 되지 않고 간혹 더 멋진 계획으로 바뀌듯 일이 점점 커졌습니다. 10주년 기념 헌정판이기에 '뭔가 특별한 선물 같아야 하지 않을까'라는 생각과 열정이 샘솟았지요. 그래서 단순히 재출간이 아니라 기존의 사랑받은 글에 새로운 글과 일러스트 37가지를 더하고 편집을 많은 부분 새롭게 바꾼 풀 확장판으로 제작하게 되었습니다. 몇 달간 새벽까지 일하는 날은 계속되었고, 책표지는 수십 번의 수정을 거듭해 탄생되었습니다. 몸은 힘들었지만 저와 오

랜 세월 호흡을 맞춘 현정 작가님과의 작업은 언제나 행복했고, 그 행복이 독자님들께도 전해지리라 믿습니다.

저는 늘 책에 크리에이티브한 장치를 숨겨놓는데, 이번 《1cm+me》는 me 자리에 이니셜을 더하면 나만의 책으로 탄생합니다. 읽는 사람에 따라 책표지와 제목이 바뀌는, 내 이니셜이 각인된 책! '나만의 책을 갖는 특별함'과 '크리에이티브한 재미'를 즐기시길 바라겠습니다. 더불어 저는 언제나 책이 가진 고정관념을 깨고자 합니다. 책을 '책'으로만 보지 않고 '가능성'이라고 봅니다. 고정관념을 버리고 무언가를 바라볼 때 그것의 가능성이 넓어지듯, 마찬가지로 책의 세계가 넓어지는 것을 느낍니다. 제가 만든 책의 세계에 들어온 새로운 독자님들 환영하고, 저의 오랜 독자님들 사랑합니다. 〈1cm〉 속 '새로운 것은 환영받지만, 익숙한 것은 사랑받는다'라는 글처럼요. 나아가 이 책을 통해 스스로에 대한 고정관념을 버리고 나의 새로운 가능성을 발견하시기를 바랍니다. 그것이 제가 책을 쓰는 목적이기도 합니다.

늘 함께 즐거운 호흡을 맞춰온 존경하는 현정 작가님, 아낌없는 서포트를 해주시는 허밍버드 출판사 여러분들, 그리고 파도가 밀려오고 밀려가는 순간에도 바다 위 태양처럼 늘 곁에 있는 사랑하는 재유와 가족에게 감사를 전하고 싶습니다. 마지막으로, 매일 나만의 1cm를 찾는 여정을 하는 저의 독자님들, 당신의 크리에이티브한 여정을, 계속해서 응원하겠습니다.

# 나의 1cm는 당신입니다

_ 양현정

어느새 10년이 지나서 《1cm+》를 첫 출간했을 때가 생각이 나 감회가 새롭고 〈1cm〉 시리즈가 이렇게 오랫동안 사랑받을 수 있어서 너무나 감사했습니다. 세계의 많은 독자들에게 힘을 주고 희망을 줄 수 있는 책이 되어 기쁘고 행복합니다.

처음에는 저 역시도 10주년 기념으로 재출간 제안에 가벼운 마음으로 응하였다가 작업하면서 독자님들에게 좀 더 새로운 느낌과 특별한 선물이 되기를 바라는 마음에, 일러스트 작업에 심혈을 기울이게 되었습니다.

40개 이상의 새로운 일러스트 작업과 더불어 〈1cm〉 시리즈 속의 지난 일러스트들도 재정비하는 느낌으로 다듬었습니다. 《1cm 오리진》 속의 사랑받는 몇 가지 글들을 가져오며, 그에 맞는 일러스트 작업을 새롭게 했습니다. 〈1cm〉 시리즈 찐팬 독자님들은 어떤 새로운 그림이 더해졌고, 또 기존의 어떤 그림이 어떻게 바뀌었는지 숨은 그림을 찾듯 찾아보시는 것도 이 책의 재미 중 한 가지가 될 것 같습니다. 표지 작업 또한 하나의 표지를 완성시키기 위해 수십 개의 버전을 만들었습니다. 둥근 우주 안과 밖의 오브제들에 하나하나 작은 이야기들이 담겨 있답니다. 본문과 표지 일러스트의 완성도를 높이기 위해 은주 작가님과 몇 달 간의 작업이 이어졌는데 항상 열정적이고 존경하는 은주 작가님과 다시 한번 호흡을 맞출 수 있어 행복했고 즐거운 과정이었습니다.

작업을 하는 동안 응원을 보내주신 모든 분들에게 감사를 전하며, 이 책을 통하여 매일 1cm만큼 작더라도 조금씩 나아가는 나를 발견할 수 있다면 좋겠습니다. 그리고 독자님들의 소중한 일상에 따뜻한 응원과 위로가 되기를 바라겠습니다.

From me
To me

1cm+me